毎日のことこと

高山なおみ

信陽堂

もくじ

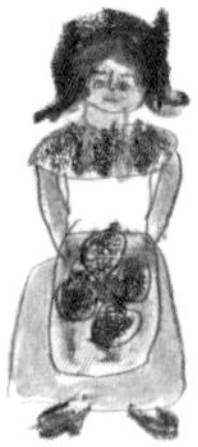

もくじ

毎日のことこと

絵と写真　高山なおみ

モビールの鳥

さわさわと静かな雨が降っています。目を凝らさないとわからないくらいの、空も海もぼんやり明るい春の雨です。

朝ごはんのヨーグルトを食べていたら、ヒ、ヒ、ヒ、ヒと一拍おきながら、とぎれとぎれに鳴く小鳥の声が聞こえてきました。遠くまでよく通る、細く澄んだ声。

あ、また来てる。

窓辺に立つと、スズメよりもほっそりとしたかわいらしい小鳥が一羽、こくん、こくんとおじぎをしながら、さえずりに合わせ尾羽を振っているのが見えました。くちばしを開いたり閉じたりしているのもちゃんと見えます。

二階に上って（うちのマンションはメゾネット式です）窓を開け、双眼鏡でこっそりのぞいてみました。小雨のなか枝から枝へと翻《ひるがえ》り遊んでいる様子は、遠くからだと茶色がかった地味な小鳥にしか見えないのだけど、敏しょうな身のこなし、背中の下から尾にかけてほんのりと橙《だいだい》色に染まった羽。

まちがいない、ジョウビタキの雌です。

じつはきのう、さえずりをたよりにインターネットの検索サイトで調べておいたのです。パッと目を惹く橙色のおなかと、黒い翼をあわせ持つ雄のジョウビタキもとても美しいのだけれど、私はあまり目立たない雌の方が好き。羽も体もすべっこく、可憐で繊細な感じがするから。

小鳥のことがこんなに気になるのは、今読んでいる小説のせいもあるかもしれません。小川洋子《おがわようこ》さんの『ことり』は、東京に住んでいたころからくり返し読んでいる本。

ゆうべ寝る前に読んだのは、小鳥のさえずりに似た独自の言葉しか話せない兄と、その声の震えに耳を澄ませ、心を寄せる弟が、ふたり暮らしの居間の片すみで夕食のあとのラジオを聞いているところ。

お兄さんが外出するのは、子どものころから変わらず毎週水曜日。「青空商店」でひとつだけ買ってくるイチゴやメロン、ブドウ、ミカン、ソーダ、レモン味の「ポーポー」という棒つきキャンディー。「羽を広げ、気持よく胸をふくらませ、笑みを浮かべるような表情で空を飛んで」いる小鳥が描かれたその包み紙を、お兄さんは食べるたびに皺《しわ》を伸ばして箱に集めていました。そして、何年もたったある日のこと、その一枚一枚をたんねんにのりで貼り合わせ、小鳥のブローチをこしらえた。

私の寝室の天井にぶら下がっている鳥のモビールは、今年のはじめに針金と和紙で作ったものです。ガラス玉と一緒につるしてみたら光を照り返し、空に向かって今にも飛び立ちそう。

六甲山のふもとのこのマンションは、長い坂道を上りつめたところにあるので空が近いのです。大きな窓には雲が流れ、うつろい、太陽の下でいろいろに光る海と、神戸の港町が見渡せます。

ミルクパンを磨く

起きて、カーテンを開けると、どこもかしこも若葉でいっぱい。きのうよりもさらに伸び、もうじき枝が隠れそうです。ついひと月前まで枯れ木だらけだったのに。若葉の緑は一色だけでなく、いろいろな色があります。うぐいす色、鶸《ひわ》色、抹茶色、グリーンと呼びたくなるような緑色、光の加減によって銀色に見える緑もあります。

朝ごはんをすませ、ミルクパンを磨くことにしました。窓が明るくなったせいか、このところ把手《とって》のつけ根や注ぎ口の焦げつきが気になっていたのです。それで、起きてすぐ大きなボウルに重曹を溶かし、お風呂のようにミルクパンを浸してことこと弱火にかけておきました。

台所に立つと、空と海がちょうどいい高さに見えます。窓の下の方でひよひよと風に揺れる若葉は、越してきたばかりのころに、いちどは短く切られてしまった木なのだけれど、いつのまにやら四階の私の部屋に届くまでになりました。

そろそろ焦げつきはふやけてきたかな。木べらの角でこすってみました。でも、あまりかんばしくありません。ためしに割り箸の頭でこすってみました。すると、落ちる落ちる落ちる、茶色い粉がゆっくりとお湯に溶けていきます。

このミルクパンとのつき合いも、かれこれ三十年以上。当時働いていたレストランの先輩からのプレゼントです。鍋も器も必要最小限だった私のつましい台所にやってきたこの小鍋で、牛乳を温めたり、ココアやミルクティーをいれたり。そのうちに卵をゆでるのも、いり卵も、この鍋でするようになりました。

ゆっくり熱が入るうえ、保温もきくホーローのミルクパンを使えばいり卵がうまくできると知ったのは、それからさらに十年ほど前。上京したてのころにアルバイトをしていた、喫茶店のオーナー夫妻の家でのことでした。休日の朝、いり卵のサンドイッチをごちそうになったのです。

部屋に入ると、エプロン代わりの布巾を小さな体に巻きつけた三歳の娘さんが、ミルクパンを片手に床の上を往ったり来たりしていました。束ねた箸をにぎりしめ、鍋のなかをぐるぐるぐるぐる。ストーブの熱で半熟になった卵をほろほろに炒るのはいつも、この小さな女の子の役目なのでした。

その様子を、いいなあ、すてきだなあと眺めていて、肝心なサンドイッチの味をよく覚えていないのは……もしかするとそのとき私は、毎日がくり返されることの確かさや、家庭の温かさのようなものの方ばかりを強く感じていたのかもしれません。

だから、私のいり卵の先生は、寝ぐせの髪をした三歳のあどけない女の子。

ミルクパンの上の方まで油をぬったら、中火にかける。温まったところに味をつけた溶き卵を流し入れ、菜箸を束にして手早く動かす。底の方が固まりはじめたら火から離したり、またかけたり。卵がまだ湿っていても、ちょっと早いかなというくらいで火を止め、あとは余熱でほろほろに。洋風のいり卵には牛乳少しと塩こしょう、和風には砂糖とわずかな塩を卵に混ぜて。

よろしかったら、みなさんも試してみてください。

雨とアイロン

きのうは梅雨の晴れ間だったので、張り切ってたっぷり洗濯をしました。うちのマンションにはベランダはないけれど、二階の寝室がサンルームのようになるのです。

いつものように窓をいっぱいに開け、ゆうゆうと海を進む大きな貨物船や、流れる雲を眺めながら干しました。ツクピーツクピーと鳴く小鳥はシジュウカラ。緑も光っていました。

今朝は、霧。

窓の外がまっ白にふくらんで、空も海も街も見えません。さすがは梅雨のまっただなか。街の方から見たら、私のいるマンションは山ごと霧に包まれて何も見えないんだろうな。

濃い霧に覆われると、耳が遠くなったような感じがします。街の音も、私が立てる生活の音も、何もかもが吸い込まれ、茫々《ぼうぼう》とした静けさに包まれるのです。まるで、体ごと霧に埋もれてしまったみたい。

雪の日にも似ているけれど、どこか違う。なんだか目に見えない大きなものに、抱かれているようです。

こんな日は自分にもぐり込み、書きものをする日和なので、午後もずっとパソコンに向かっていました。

お茶をいれるついでに二階に上ってみると、洗濯もの（きのうは午後から雲ゆきが怪しくなり、干しっ放しにしておいたのです）は乾いているような、いないような。

それでふと思いつき、アイロンをかけることにしました。タオルでも布巾でも、シャツでも下着でも、片っぱしからアイロンを当て、そのへんにひろげておけば乾くんじゃないかと思って。

ああ、洗濯もののいい匂い。

そういえば子どものころ、母も雨の日にこんなことをしていたっけ。

市役所勤めの父と、近所の幼稚園で先生をしていた母。ふたりとも家にいたから、あれは土曜日か日曜日です。

今はもうとり壊され、あとかたもなくなった古い家の居間で、なま乾きの体操着や、給食の白衣にせっせとアイロンをかけている母。洗濯ものから上がる蒸気で、ジュッ！　という音がします。父は、炬燵《こたつ》の上でお手本を見ながら習字をしていました。墨をする音、ざあざあ降りの雨の音、柱時計のチクタクチクタク。

兄も姉も遊びにいっていて、居間には父と母と三人きり。私は腹ばいになり、絵本を読んでいました。テレビではマラソン選手が延々と走り続けています。

そのとき私は、たまらなく幸せな気持ちと、哀しい気持ちを同時に味わっていました。

このままずっと、雨がやまないといいのに。マラソンも終わらなくて、お母さんのアイロンがけも、お父さんの習字もずっと、ずっと、いつまでも続くといいのに。

今というのは少しあとにはなくなって、決してもとに戻らないこと。父も母も、いつかこの世からいなくなってしまうこと。小さいながらも私は、どこかで知っていたんだと思うんです。

雨の日のアイロンの思い出は、昭和に開かれた東京オリンピックの年。マラソンの先頭を走り続けていたのは、エチオピアのアベベ選手。父も母もまだ三十代で、私は小学校に上がる前でした。

夏のはじまり

ちかごろ私は、まだ朝になりきらないうちに目覚めると、カーテンを少しだけ開けて読書を楽しむようになりました。起きぬけのぼんやりした頭で読むのが、なんだか、ちょうどいいのです。体にじかにしみ込むようで。

今読んでいるのは、片山令子《かたやまれいこ》さんの詩集『夏のかんむり』。パッと開いたページにある言葉を、とちゅうからでもそのまま読みます。

今朝は「ヒマワリとスカシユリのあいだに」を読みました。大好きな詩なので、本当はすべて書き写したいくらいなのですが、冒頭の数行をここに引用させていただきます。

夏の洗濯ものは
他の季節のものとは
違っているのです。
シャツやスカートを
夏が
着てはぬいでゆくから
七歳の子のワンピースには七つ
それぞれの数だけの夏が
入ったり出たり。

夏のはじまりを知らせる朝は、できるだけ早くに窓を開けると、晴れの日でも曇りの日でも、緑の匂いが山から下りてきます。まだ誰も呼吸していない、新鮮な朝の匂い。時間がたつとなくなってしまうので、鼻の奥までいっぱいに吸い込みます。ピチピチチュピチュピと、盛んにさえずる小鳥たちの声。

ベッドに戻り、本の続きを読んでいたら、蜂が迷い込んできました。寝室をひとめぐりし、私のそばまでやってきて羽を震わせたかと思うと、そのうちふいっと出てゆきました。じっとしていれば刺されないとわかっていても、やっぱりちょっと慌ててしまう。これもまた、六甲に夏がやってくる前ぶれです。

朝の習慣にもうひとつ加わったのは、ヨーグルトを玄関先で食べること。通路においてある椅子に座ると、そこからちょうど山が見えるのです。裏の家のどんぐりも、小さな青い実が帽子の方からできかかっています。

今朝は西瓜《すいか》とメロンを大きめに切り、ヨーグルトをとろりとかけて食べました。赤と黄緑の明るい配色。甘い西瓜にメロンのういういしい酸味が加わって、今年最高の組み合わせ。器に残ったヨーグルトがほんのりピンクに染まるところも、いいなぁ。

灼熱のウズベキスタンを旅したとき、ヨーグルトを氷水で薄めたスープが屋台で売られていました。指を一本立てると、花柄のエプロンを巻いた奥さんが、ホーローのバケツから瀬戸物のお碗に注いでくれます。小さく切ったきゅうりにトマト、ディルが浮かんだ、ほんのりとした塩味の飲むサラダ。チャロップというんだそうです。砂漠のなかに忽然と現れたような寺院の木陰で、コバルト色の泉を眺めながら、スプーンですくってしゃりしゃり、しゃりしゃり。このチャロップが食べられるから、ウズベキスタンの人たちは大人も子どもも、夏がくるのを楽しみにしているんですって。

日本に帰ってよく作っていたレシピは、ボウルにヨーグルト1カップ、水½カップ、塩小さじ½をよく混ぜて溶かしたら、刻んだきゅうりとミニトマト。あればディルも刻んで加え、冷蔵庫で冷たくひやしておきます。粗びきこしょうか唐辛子をふって、召し上がれ。

今年の梅雨明けは例年よりも遅いようですが、もうじき六甲にも、
蟬時雨《せみしぐれ》の眩しい夏がやってきます。

夏休みの坂道

今朝はヒグラシの声で目が覚めました。カーテンの隙間から、薄明かりがもれています。

そのうちヒグラシがやんで、一瞬の静けさののち、小鳥たちのさえずりが聞こえてきました。ラジオをつけると、クラシックの合唱曲がかかっていました。

窓が明るくなるにつれ、シャンシャンジリジリ、ジャカジャカジージー。クマゼミ、アブラゼミ、ラジオの大合唱です。

夏は日の出の時刻が早いので、生きものたちはみな早起き。私も自然と早起きになります。

朝の涼しいうちに、日傘を差してポストまで手紙を出しにいくことにしました。往きは、青い海を眺めながら坂を下り、帰りはちょっと遠まわり、「夏休みの坂道」を通って緑の山を仰ぎながら。

そこは、夏草がのびのびと茂る民家や菜園に挟まれた、地図にはのっていない路地裏の小径《こみち》。去年だったかおとといだったか、この坂をみつけたとき、小学生の男の子がふたり、おしゃべりしながら肩をぶつけるようにして上ってくるのとすれ違いました。石垣からはみ出した木々の緑がかぶさって、地べたに影を落とす、子どものころの夏休みみたいな懐かしい感じのする坂道なのです。

私も昔、くねくねとしたこんな坂を、アイスキャンディーを食べ食べ、プール帰りによく友だちと歩いたものです。頭の上からは蟬時雨、溶けたアイスの雫《しずく》がポタポタ落ちて、道にしみをつけていたっけ。

夏休みの坂道の菜園のところまで来たら、蟬の声が急に大きくなりました。きゅうりにトマト、なすにトウモロコシにオクラ。毎年、いろいろな夏野菜が実る家庭菜園なのだけど、今年は道に面した金網につる植物がぎっしり繁茂して、緑の壁のよう。奥にある家も隠れてしまって見えません。

これは何の野菜の葉っぱだろう。

ぎざぎざの葉陰に、小さなゴーヤーがぶら下がっているのをみつけました。

あ、またあった。目が慣れてくると、いくつもぶら下がっているのがわかりました。

青々とした壁にはゴーヤーだけでなく、見るからに違う種類のウチワのような葉もからまって、産毛《うぶげ》の生えた太い茎の先をたどっていくと、赤ん坊の頭ほどもある黄色い花がひとつ咲いていました。花の根もとには、青い実がふくらんでいます。

カボチャだ！

蟬時雨がいちだんと騒がしく、うわんうわんと耳のなかで鳴っていました。お尻の丸い蜜蜂も、ブンブンブルブル黄色い花の奥にもぐったり出たりと、忙しい。

ふと私は、自分が子どもなのか、大人なのか、今がいったいいつなのかわからなくなりました。青空にくっきりと積み重なって光る入道雲。眩しい太陽に照りはえながら、新しい生命が生まれては育ち、はびこる賑《にぎ》やかな夏。この季節だけが、今も昔も少しも変わらず永遠に続くように感じてしまうのは、私だけでしょうか。

その日の午後、写真を撮るためにもういちど菜園に行ってみたら、カボチャの花はすっかりしぼんでいました。あれは、朝の早い時間だけに開くのですね。

たまたま菜園に出ていた畑の主《あるじ》から、「持ってくかい？」と、もぎたてのゴーヤーときゅうりを手渡されたのですが、大きなきゅうりはまだトゲが立って、手のひらがすこし痛かったです。

夏休みの思い出

今朝はいつものように起きられず、わざと寝坊しました。なんとなく、夏の疲れが残っているような気がして。雨は降っていないようだけど、きっと今日も曇り空です。

今年の夏もいろいろなことがありました。テレビの撮影のために、朝から日暮れまで丸二日、スタッフたちとこの家で過ごしたこと。東京の友人が一週間ほど泊まりにきて、合宿のようだったこと。その合間にぽつぽつと原稿書きもしていました。

カーテンを少しだけ開け、うつらうつら。

十時くらいに起きて朝風呂に浸かっていると、山の方からツクツクボウシの声が聞こえてきました。お風呂場も玄関もちゃんと扉を閉めているのに、すぐそこで鳴いているみたい。

ツクツクボウシが鳴くともう夏も終わりだと教えてくれたのは、兵庫に住んでいる絵描きの友人。私が生まれ育った土地や、長年暮らした東京とは生態系が異なるのかもしれませんが、六甲に越してきてからは、本当にその通りだと感じます。

この夏いちばんの思い出は、ツクツクボウシの話を教えてくれた友人が、小学三年生の甥《おい》っ子、ユウトク君を連れて遊びにやってきたことでしょうか。

駅で待ち合わせをしたとき、ふたりはなかなか改札口に現れませんでした。八幡さまの社《やしろ》をぬけ、線路ぞいの道を川に向かって歩いていたときにも、ユウトク君は気になるものをみつけるとそのつど立ち止まって、動きません。「いろいろなものが、めずらしいみたいです」と友人が笑っていたから、きっと、駅のホームでも同じだったのでしょう。

生け垣の陰に生えているわずかなシダの葉や、葉っぱの裏を這うカタツムリの赤ちゃん。側溝の水音を聞きつけると、道路にしゃがみ込んで網蓋《あみふた》に目を近づけ、「魚はおらんけど、きれいな水が流れてるで」なんて教えてくれます。

友人はというと、隣に立ってユウトク君と同じものをみつめたり、遠くから見守っていたり。なので私も自然とゆっくり歩くようになりました。雨は降ったりやんだりだけど、少しくらい濡れたって気にしない。ふたりとも帽子をかぶっているし、私も日傘を差しているので。

このところの雨続きで水かさが増し、河原には下りられませんでしたが、ゴーゴーと気持ちのいいほど盛大に流れる川を見下ろせる公園の東屋《あずまや》で、友人が買ってきてくれたおにぎり屋さんのおにぎりと、鶏の唐揚げを食べました。

次の日の朝、晴れ間が出たので、上流に行ってみることにしました。

うちを出て、坂を上り下りしながらしばらく行くと、大きな橋にぶつかります。橋を渡ったら、そのまま山に向かって川を遡《さかのぼ》っていけば、古い神社の脇の隠れた場所に、清流のたまり場のようなところがあるのです。山から集まってきた水の、自然のままの流れなので、岩や石がごろごろしている秘密の水辺。

その日はいつもより水かさが増し、浅瀬でも流れが速かったけれど、私は気にせず裸足になって、水のなかに入りました。

「あー、冷たくて気持ちいい！」

けれど、ここへ来ることをあんなに楽しみにしていたユウトク君は、友人の腰に抱きついたまま「入らへん」と言い張っています。そのときの彼のおびえた眼差しに、私はどきっとし、少し厳《おごそ》かな気持ちになりました。川も生きものも大好きなユウトク君の小さな体のなかには、自然を畏れる原初的な心がしまわれているのだと感じたから。

帰る日に、路地を歩いていたときのことも忘れられません。

「あっ」と言って、道ばたにしゃがみ込んだユウトク君の前には、今にも息絶えそうな蝶が横たわっていました。たたまれた羽は、触れればかすかに震えるけれど、赤茶けた地面の色と羽の見分けがほとんどつきません。「誰かに踏まれないように、道のはしっこにおいてあげたら？」と、思わず声をかけました。

そんな私の声など届いていないのは、彼の丸まった背中を見ればわかりました。しばらくの間、蝶をじっとみつめていたユウトク君は、羽のつけ根を指先でやさしくつまみ、左手を添えて駆け出しました。そして、その路地にひとつだけ咲いていたピンクの花をみつけると、できるだけめしべに近い花びらの上にのせてあげたのです。

私の夏休みの、静かで小さな思い出です。

朝の散歩

カーテンを開けると、太陽はすでに昇っていました。空ももうまっ青。ほわほわの小さな雲が空いっぱいに散らばって、まるでひろびろした草原で羊たちが好き勝手に草を食《は》んでいるみたい。

ベッドに寝そべったまま、しばらく朝の光を浴びていました。陽の当たっているところは暑いのに、風がひんやり。空の色はもうすっかり秋なのだけど、かすかに夏が残っているのを感じます。

朝ごはんの前にゴミを出しにいきがてら、裏山の入り口まで散歩をすることにしました。夏に道ばたで拾ったアブラゼミを、そろそろ還《かえ》さなくてはと思って。

蟬の亡骸《なきがら》は、夏の間ずっと母の祭壇に飾っていました。草花や貝殻、ガラスの破片など、きれいなものをみつけると私はよく拾いものをします。それが季節を感じるものだと、なお嬉しい。祭壇といっても、部屋に備えつけられた古めかしいセントラル・ヒーティングの上です。

裏山の木立は、高い木も低い木も葉の色が少し白っ茶け、乾いた緑のいい香り。バイカル湖畔にある、リストヴィヤンカという小さな村のことを思い出しました。そこは小高い山々に囲まれた、ロシアの昔話に出てきそうな家がぽつんぽつんと建っている、静かな村。リストヴィヤンカという名には、「カラ松林のあるところ」という意味があるそうです。

あの日も私は、朝ごはんの前にひとりで散歩に出たのです。旅をしたのは六月ですが、朝晩はタンクトップだけでは肌寒く、薄手のカーディガンか、山登り用のヤッケを羽織るくらいがちょうどいい。太陽が近く陽射しは眩しいけれど、空気がひんやり。ちょうど今朝のような気候でした。

家々の窓辺が、ひとつひとつみな違ってかわいらしかったこと。庭の囲いの向こうにびっくりするほど大きな犬がいて、吠《ほ》えられたこと。帰ってから食べた朝ごはんの目玉焼きが新鮮で、白身までふんわりとやわらかく、半熟の黄身の上に、細かく刻んだディルがふりかけてあったこと。

斜面に建てられた、山小屋みたいなホテルの庭の野草を摘んで、ハーブティーをいれようとしたお手伝いの女の子が、サモワールの熱湯を注いだとたん、ガラスのポットを割ってしまったことも思い出しました。

あの日は私も、サモワールのお湯を朝食後にもらうつもりでいたのに、空の水筒を食卓においたまま、部屋に戻ってきてしまったのです。

ずいぶん時間がたってようやく思い出し、慌てて庭を駆け上りました。眩《まばゆ》い光があふれる外《おもて》から、誰もいない食堂に足を踏み入れたとき、薄暗いなかロシア語のラジオが鳴っていて、開け放った窓の白いカーテンがふわりと風にふくらみました。ガラスの壺《つぼ》にはキャンディーやクッキー。ほしい人が勝手に取り出し、お茶の時間を自由に楽しめるようになっていました。蜜蜂がブーーンと一匹、飛びまわっています。

水筒は、私がおき忘れたのと同じ位置にぽつんと立っていました。持ち上げてみると、お湯がいっぱいに満たされていて……宿主のさりげない心遣いが、じんわり胸に染みました。

さて、六甲の裏山の坂道です。

草陰のふかふかとした地面に、無事アブラゼミを還した私は、帰り道で青い実と、色づきはじめた黒紫色の実をひとつずつ拾いました。

戻ったら、秋の便りを母に見せようと思います。

ディルの苗

秋になると海が光ります。朝の早い時間はとくに、太陽の真下が金色に輝いて、そこだけ鏡のようになります。白銀のスケートリンクみたいにまっ平らに光ることもあるし、風のある朝はさざ波立って、チカチカキラキラ煌《きら》めくこともあります。

夏の間、玄関先で山を仰ぎながら食べていた果物とヨーグルトも、窓辺に引っ越し。今朝は、佐渡島の友人夫婦が送ってくれた大きな柿を、レースのカーテンの隙間から目を細めながら食べました。

ちかごろ私の朝に、新しい習慣がもうひとつ加わりました。それは、ディルの苗の水やり。

朝食前に水を一杯コップについで、鉢の前にかがみ込みます。すると、茎と茎の間で縮こまっていた小さな葉の芽が、きのうよりも少しだけ、確実にふくらんできているのがわかります。それが、じんわりと嬉しい。

このディルは、ある農家さんからいただきました。秋晴れの日に、「FARMSTAND《ファームスタンド》」というお店を営む小泉亜由美《こいずみあゆみ》さんの案内で、神戸産の野菜や果物を育てている若手の農家さんたちをめぐったのです。

三宮の街をぬけ、トンネルをくぐると景色が一変しました。小高い丘と畑、稲刈りを終えたばかりの田んぼの黄土色。向こうには光る海が見えました。窓からいつも見ていた朝の海の近くを、出会ったばかりの人と車に乗って走っている不思議。だいたい私は、神戸市内で農作物が作られていることさえ知らなかったのです。

山をひとつ越えると、民家の間に田畑がひろがってきました。最初に訪ねた西区の農園では、落花生掘りに、水なすの収穫。エホバクというズッキーニによく似た黄緑色の韓国カボチャ、縞紫なす、福耳唐辛子という、耳の形をした大きな青唐辛子も収穫させてもらいました。追熟ではなく、木になっている状態で完熟させ、摘みたてを出荷しているいちじく農家では、収穫どきのいちじくの見分け方と摘み方を教わりました。

熟しているいちじくは、重みで下を向くので、お尻の方からやさしく包むように手のひらでつかんで、つけ根の茎の曲がったところを親指でちょっと押してやる。そうすると、まるで木から離れたがっていたように、自然に手のなかに落ちてくる。その、跳ね返るようないきいきとした感触が忘れられず、私は次々に摘んでいきました。採れたてのいちじくはピンクの花の部分が大きく、ねっとりとした甘さで、これまで食べたことのないおいしさでした。

次に向かった農園では、いろいろな種類の葉野菜（セルバチコのほか、ベビーリーフなどもありました）や、名残のミニトマトを摘んで、その

ディルの苗

場でつまみました。枯れ枝についたまっ赤なミニトマトは味が濃く、ペルーの山中で食べた野生のトマトによく似た味がしました。稲刈りのあとの畑に、簡易テーブルやカセットコンロを設《しつら》えた青空キッチンで、おかずをいろいろ作り、新米のおむすびとともにみんなで食べたランチもおいしい思い出。

ディルの鉢をくださったのは、翌日訪ねた北区の農家さん。クラフトビール用のホップや青いパパイヤ、セロリにクレソン、ハーブや冬イチゴなど、私よりふたまわりも若い女の子が、ひろびろとした農園をひとりで営んでいました。帰りぎわ、植物や花を育てるのが苦手だし、うちにはベランダもジョウロも霧吹きもないからと尻込みしている私に、ハウスで育てている小さなディルを土ごとひょいとすくい取り、そのへんにあった鉢にサッと植え替えてくれたのです。

「水は、コップでも大丈夫。植え替えてすぐはまだ弱々しいけれど、しばらくして、こうなったら、土についたということなので、収穫できます」

「こうなったら」のとき、背筋をシャンと伸ばしながら伝えてくれた彼女のおかげで、はじめての私にも摘みどきがわかり、自信を持って収穫することができます。

さて、そんなご縁でうちにやってきたディル。教わった通りに、いちばん外側の茎から摘んでいったら、太陽に向かってセンコウ花火みたいにひろがり、茎も少し太くなってきました。

食べては摘んで、また育ち、育っては摘んで、また食べる。今日のお昼は、ロシアのリストヴィヤンカ村で食べたみたいに、ちぎったディルを目玉焼きに散らそうと思います。

六甲の冬

このところ何やかにやと慌ただしく、秋がぱたぱたと通り過ぎていきました。

新しい本作りに原稿書き、テレビや雑誌の撮影。合間をみて、北九州の友人の家に泊まりにいったり、帰ってきて風邪をひいて寝込んだり。

気づけば日の出の位置は少しずつずれ、海に映る太陽の光が、もうひとまわり濃くなってきました。六甲はもう、すっかり冬なのです。

ゆうべは風が強く、寝室の窓ガラスをガタガタと盛大に揺らしていました。雷も鳴っていたけれど、ちっとも怖くなかった。強くなったり、弱くなったりする雨音を聞きながら、私はゆらゆらと眠りました。

いつのまに雨が上がったのでしょう。起きて窓を開けると、茜《あかね》色と水色のグラデーション。まだ暗い空のまんなかで、三日月が光っています。

太陽が昇って、空が明るくなってくると、月は糸のように細くなり、一瞬見えなくなるのだけれど。瞬《まばた》きして見直すと、また浮き出てきたり。私はベッドに寝そべったまま、白い月が青空に消えるまでぼーっと見ていました。

見えないものを見る。見えなくても、あると信じて見る。

ちかごろ、そんなことをよく思います。

さて、いろいろな仕事が終わったので、今日は午前中に坂を下り、「コープさん（生協のこと）」まで買いものにいくことにしました。

あんなに紅かった桜の葉っぱは、もうずいぶん散ってしまったけれど、花壇に自生しているねこじゃらしの葉が赤紫色に染まり、新しい穂も出ています。ここに暮らすようになって六度目の冬、ねこじゃらしが紅葉することをはじめて知りました。

「コープさん」では牛乳と卵、ブロッコリー、白菜に、白身魚のフライを買いました。お昼ごはんに食べようと思って。

リュックをかついで最後の坂を上っているとき、教会の鐘が鳴り響きました。カラーンコローン、カラーンコローン……お昼を知らせる鐘の音に背中を押され、もうひとがんばり。

夕方の五時を過ぎるころ、六甲の冬の風物がはじまります。

カアーカアークワッカークワッカー……

窓辺に立ちつくし、私は待ちます。

うちの向かいには、中学校の体育館があるのですが、百羽を超えるカラスたちが、この屋根の上に集まるのです。

暮れはじめても、部屋の電気はつけません。

一番星が輝き、山の方から集団が渡ってくると、屋根の上のカラスたちもいっせいに飛び立ち、空を旋回します。

ものすごい数がいっせいに飛んできて乱舞し、翻っては、ぎりぎりで交叉《こうさ》しても、決してぶつからない。上るときには窓すれすれをかすめていくので、ひろげた翼の内側や、羽ばたきの音が聞こえてきます。羽をひろげたまま風にのっているカラス。羽はすぼめ、からみながら急降下する二羽のカラス。それは今朝私が見た、強い風に巻き上げられて踊る落ち葉のダンスにもよく似ていました。

そのうち、オレンジや黄色の灯りが暗い海に瞬き出し、カラスたちも山へ帰っていくと、ようやく私は安心し、夕ごはんの支度をはじめるのです。

三人のお正月

新年、明けましておめでとうございます。みなさんはどんな年明けを過ごしましたか？

私は、ひとり静かなお正月でした。母が元気だったころには、実家の静岡で、双子の兄の家族たちと賑やかに新年を迎えていましたが、コロナのため去年はじめて帰省せずに過ごしてみたところ、ひとりもなかなかいいものだなあと気づいたのです。兄には「なみちゃんも、神戸に拠《よ》りどころができたっていうことだから、それでいいさや」なんて、苦笑いされています。

クリスマスが終わるころから、普段やらないところまでピカピカに掃除して、小さなパックのお刺身や、つきたての丸餅など、お正月用の食材を買い出しに出かけます。「紅白歌合戦」を見ながらお刺身をヅケにしたり、黒豆を薄甘く煮たり、お雑煮のおつゆを作っておいたり。規模はずいぶん小さくなったけれど、結婚していたころと変わらずにいそいそと支度をしていて、台所でくすくす笑いがもれました。なんだか、ままごとみたい。じつは、お雑煮用の里芋と大根と白菜をすまし汁で煮ておくのも、ゆでたほうれん草を切って容器につめ、冷蔵庫に入れておくのも、子どものころから祖母や母がくり返していたお正月の支度なのです。

大みそかを神戸で過ごしたかったのには、もうひとつ理由があります。おととしは早くに寝てしまって聞き逃したのだけれど、このあたりでは除夜の鐘の代わりに教会の鐘が鳴り響き、海に停泊している船が汽笛を鳴らすのだと、六甲の友人に教わったからです。それをどうしても、自分の耳で確かめたかった。

「紅白歌合戦」は、白組の最後の歌のとちゅうで眠気におそわれベッドへ。寝過ごさないよう電気をつけたまま目をつぶっていたら、十二時ちょうどに、教会の鐘の音が本当に聞こえてきました。

カランコロンカランコロンカランコロン……

いつものお昼を知らせる、悠長なカラーンコローンとはあきらかに違う音色。飛び起きて窓を開けると、おなかに響く汽笛が一度だけ鳴りました。

ヴォ――――――！

これまで聞いたことのない、太くて長い汽笛が終わり、そのあとで静寂がまた戻ってきました。まっ暗な海と空を背景に、夜景の瞬きもいつもより輝いて見えました。

私はとても安心し、ぐっすりと眠ったのです。

さて、今年のお正月の花は、オレンジ色のチューリップを二輪選びました。薄紫色の斑《ふ》が混ざった八重咲きです。これは三年ほど前に亡くなった母と、二年前に亡くなった編集者の若い友人の分。部屋のいちばんいい場所に飾り、こうして三人で新年を迎えるのも、去年からの私のしきたり。

三日には、六甲駅の近くで「MORIS《モリス》」というギャラリーを開いている、森脇今日子《もりわききょうこ》ちゃんとお母さんのひろみさんのお手伝いをしに出かけました。よく晴れて風もなく、開け放した窓から青空が見えました。そんな日に、展示用の壁のすみずみまで白いペンキを塗っていくのは、これからはじまるまっさらな年に向き合っているみたいで、清々《すがすが》しかったな。ちなみに、教会の鐘の音と汽笛のことを教えてくれたのは彼女たちです。

「ふくう食堂」


日光が当たるところは暖かいのだけれど、空気がきんと冷たくて、小さな小さな雪ともいえないような白い粒が風に舞っています。

ちらちらきらきら、とてもきれい。

やっぱり山が近いからでしょうか、このところ毎朝そんなふうで、窓を開けたまままつい見とれてしまいます。

雪にもいろいろあるけれど、粉雪でもないし、綿雪でも小雪でもない。それで、類語辞典をめくってみることにしました。

粉雪は、粉のようなさらさらとした細かい雪。

細雪《ささめゆき》は、細かに降る雪。まばらに降る雪。

淡雪は春先に降り、すぐ消えてしまう雪。

牡丹雪は、ふんわりした大きな雪。

斑雪《はだれ》という、見慣れない名前もあります。これは、ぼたぼたとまばらに降る春の雪。

そして風花は、晴天なのに風上から風に吹かれてちらついている雪。

これ、これ！　まさに今朝の雪です。

朝ごはんを食べ、洗濯をしてパソコンに向かっているうちに、気づけば綿雪になっていました。ふわふわひらひら。ずっと見ていると、天から降ってくるのか、天に向かって舞い上がっているのかわからなくなります。

そのうち、本格的に降りはじめ、窓はまっ白になりました。

きのうは、雑誌の撮影でお弁当をいろいろ作りました。お弁当といってもちかごろ私がよく食べている、おかずとご飯を大皿に盛り合わせたお昼ごはん。箱につめないぶん、ひろびろとした自由な感じのするお弁当です。

子どものころ、私の祖母は茶碗によそったご飯の上に、ほうれん草のごま和え、さつま芋の煮もの、昆布の佃煮、梅干しなどなど、食卓に並んでいるおかずをちょこちょこときれいに並べ、お弁当と呼んで楽しみに食べていました。

そういえば私の大皿弁当は、祖母のに似ています。わざわざお弁当のために作りおきを用意するのではなく、冷蔵庫にある食べたいもので、甘い、酸っぱい、しょっぱい味をとり合わせ、彩りよく。

今年に入って新しく壁にかけた「ふくう食堂」の看板は、絵描きの友人の甥っ子、ユウトク君が書いてくれました。

「ふくう食堂」というのは、私のホームページの屋号で、福を食べるという意味があります。たまにはお客さんが集まって、窓の景色を眺めながらごちそうを囲む日もあるけれど、つましいひとりのごはんもまた、この看板の下《もと》。


「ふくう食堂」

毎日開店している「ふくう食堂」は、食べることで続いていく私の人生そのものだなあと思うのです。

いつのまにやら雪はやみ、晴れ間が出てきました。

「ツクピーツクピー」と鳴く小鳥。

あ、シジュウカラだ。

枯れ枝のてっぺんで、ひとり海に向かって大きな声を響かせています。私は窓辺に立ち、納豆をかき混ぜながら、ふたたび舞いはじめた風花を見ていました。

今日の大皿弁当は、カボチャのサラダ、蒸しブロッコリーとカニカマのポン酢じょうゆ、ショートパスタと大根のトマトソース和え、具だくさんのひじき煮と、ゆかりおにぎり。卵白入りのふわふわ納豆はご飯にはかけず、ツルッといただきます。

三年前の日記

今朝は六時に起きました。カーテンを開けると、薄明かりの空に三日月が光っていました。月と同じ高さのところに、明けの明星も光っています。ちょっと前まで、この時間はまっ暗だったのに。

群青《ぐんじょう》色の空の下、山並みにそって伸びるオレンジ色の帯。見ている間にもうつり変わってゆく雲の色。この刻《とき》の空の光を、私はずっと朝焼けと呼んでいたのだけれど、暁《あかつき》や曙《あけぼの》というきれいな名前がついているのですね。朝焼けは、太陽が昇る直前から昇ったあとの、茜色に染まる空のことをいうらしいです。

今朝はなんだか、いつもの朝より暖かいような気がします。床に立ったときの足の裏の感触が違うのです。そういえばこの間、タクシーの運転手さんが、フロントガラス越しに空を見上げながら、「陽射しが変わってきました」と、嬉しそうに言っていました。毎日毎日、車のなかから定点観測のように空を見上げている運転手さんの声は、天気予報よりも信頼できます。もうじき、春がやってくるのです。

さあ、今日もまた続きをやろうかな。

このところ、何をしているかというと、次に出す本『帰ってきた　日々ごはん⑪』のために、三年前に書いた日記のテキストをパソコンの画面で読み返しています。

今度の巻は、母と迎えた最後のお正月からはじまります。転んでもいないのに、腰の骨が折れたのをきっかけに病気がみつかった春。入退院をくり返しながら、介護施設に通う初夏。そのころから私も、神戸と静岡を新幹線で往復し、母のもとに通うようになりました。

日記を読んでいると、忘れかけていたことを次々に思い出します。

母の体を近くに感じ、声が聞こえてきます。はじめのころは、まだ病気のことを知らなかった元気な母が出てくるので、切なくて、ゆっくりとしか読み進められませんでした。パソコンに向かいながら涙がこぼれ、このまま仕事を進めていけるんだろうかと心配になった日もあります。

梅雨前に発熱した母は、再び入院しました。少しずつ病状が進み、好きだった本も読めなくなり、ごはんもほとんど食べられず、ゆらゆらと眠ってばかりいるようになっていきます。

それでも、生きることと死ぬことがくっきりとしていたあの日々に重なりながら、読み込みを続けていくうちに、私の心持ちはだんだん変わっていきました。

どうしてなんだろうと思うのだけど、細かなところまで思い出せば思い出すほど、あのころに起こったすべての出来ごとに、やさしく抱かれているような。今はもういなくなってしまった人も、記憶もあたたまり、ここにいる私がどんどん確かになっていくような。

毎朝、好きな人に会いにいくみたいに、日傘を差して通った川ぞいの道。病室に着くと、母の小さな変化に目をこらし、あったこと、感じたことをつぶさに綴った私の日記は、ときを経たおかげで日に晒《さら》され、もう、自分だけのものではなくなったのかもしれない。そんなふうに思いました。

アルバム
2021年4月から2022年3月まで

四月　モビールの鳥

日の出の時刻、
鳥がオレンジ色に染まる日もあります

いり卵をマヨネーズで和え、
緑のトースト(小松菜パン)の上に

五月　ミルクパンを磨く

きれいに磨いた年代もののミルクパン

六月　雨とアイロン

傘を差して、屋上に上ってみました

雨の日のお茶の時間

西瓜とメロンのヨーグルト

七月　夏のはじまり

生い茂る夏草の息吹がとじ込められた
詩集『夏のかんむり』（村松書館）

八月　夏休みの坂道

夏休みの坂道は今、クサギの花の甘い香りがします

右／菜園の主にいただいたゴーヤーときゅうり
左／カボチャの花は、午後にはしぼんでしまいました

九月　夏休みの思い出

ふたりのリュックの中身

夕食のマッシュポテトとソーセージは、
ユウトク君が盛りつけました

十月　朝の散歩

秋は空から

バイカル湖畔のリストヴィヤンカ村にて

母の祭壇

十一月　ディルの苗

うちにやってきたディル

十二月　六甲の冬

ある朝の、金色に光る海

紅葉したねこじゃらしと
桜の落ち葉、食用ホオズキ

ささやかな元旦の食卓。
帆立のお刺し身は、柚子の
しぼり汁と薄口しょうゆで
ヅケに。お雑煮にほうれん
草をのせるのを忘れてしま
いました

一月　三人のお正月

亡き母と友人のための、お正月の花

二月　「ふくう食堂」

ユウトク君が
廃材に書いてくれた看板

奥の白っぽい小鉢が納豆です

今朝のヨーグルトは、
はっさくと苺

三月　三年前の日記

明け方の空

朝の楽しみ

このところ、太陽の昇る位置がだんだんに移ってきて、もうじき隣の建物に隠れてしまいそう。それでなんとなく、日の出を見ない朝が続いているのだけれど、小鳥たちの声のおかげで自然に目覚めます。

そのうち柱時計が六つ鳴って、枕もとのラジオをつける。するとクラシックが流れてきます。カンタータ、バロック、ミサ曲、合唱曲など、いつも静かな音楽のかかるこの番組が、私の朝の楽しみ。目を閉じて聞いているうちに二度寝してしまうこともありますが、ゆっくりゆっくり体が目覚めていきます。

ラジオは、遠くから音が運ばれてくるところがいいなあと思う。

その昔、私が中学生だったころ、幼なじみの友人の家に泊まった朝にも、クラシック音楽がラジオから流れていました。廊下みたいに細長い姉妹の部屋。私は妹の二段ベッドに寝かせてもらっていて……まだ暗いなか、先に起き出した友人がマッチをすってストーブをつけていたから、あれは冬のことです。

台所に行くと、友人がオムレツを焼いていました。卵をいくつも割って牛乳を混ぜ、バターのいい匂いをさせながら。炊事は三人姉妹で順番に受け持つのが家族の決まりなんだと、照れくさそうに言っていたっけ。妹がバイオリン、お姉さんはピアノにフルート、工場勤めのお父さんも趣味でチェロを弾き、お母さんは音楽の先生。そして、小学生のころから合唱コンクールのピアノ伴奏をしていた友人。そんな音楽一家の朝に憧れを抱《いだ》いていた小さな心の種が、今の私を作っていると感じます。じつは料理を好きになったのも、幼なじみの影響が大きいんです。

オールダス・ハクスリーという、イギリスの小説家の絵本『からすのカーさん　へびたいじ』にも、ラジオの場面が出てきます。それは、こんなお話。

はこやなぎの木の上にかけた巣で、「おちゃをすませると」、毎日ひとつずつ卵を産んでいる、からすの奥さん。彼女は午後になると「たべものやなにかの　かいものに　でかけました」。ところが、巣に戻ってくるといつも、産んだはずの卵がなくなっているのです。

ある日のこと、ふだんより早く巣に帰ってみると、卵を丸飲みしているへびのガラガラどんに出くわしてしまいます。なげき悲しむ奥さん。夫のカーさんが、ふくろうのホーおじさんのところへ知恵を借りに急いで飛んでいきました。そうして、へびに食べさせる泥の卵をひとつずつこしらえ、煙突のてっぺんで乾かし……

それから、２わの友だちは　ホーおじさんのいえに　もどって、ばんごはんをたべました。あとかたづけを　すませてから、ラジオの　ゆうべのおんがくを　たのしみました。おわると10じ。月が　山のうえにのぼって、あかるくかがやいていました。

ところで、私の好きな朝のラジオはNHK－FMの「古楽の楽しみ」。この四月に五時からの放送に変わったので、なんだか早起きになってしまいました。
＊二〇二四年よりまた六時スタートに戻りました。

植物の先生たち

ひさしぶりに映画を見てきました。阪急十三《じゅうそう》駅の商店街をぬけたところにある、小さな映画館。上映の時間までロビーで待っていると き、遠くからボウリング場のピンのはじける音がして、なんだか懐かしい気持ちになりました。チケットを買う窓口に、飲みものの自動販売機がひとつ。古い映画館ならではの落ち着いた匂い。私が二十代のころには東京にもこんなミニシアターがいくつもあり、二本立て、三本立ての映画を一日かけて見たものです。

映画は『杜人《もりびと》』というドキュメンタリー。造園家・矢野《やの》智徳《とものり》さんの体を張った活動が映し出されていました。

冒頭で矢野さんは、小さなカマひとつを手にぼうぼうの雑草のなかへ分け入り、払うようにしながら草を刈っていました。風に揺れる草をよく見て、しなるところで刈る。上から見る人間の目線ではなく、風になって横から眺めるつもりで。私たちは簡単に雑草と呼んでいるけれど、下草がなかったら、木はいきいきと育たないのだそうです。

見た目のことだけを考え、根元からばっさり刈り取ってしまうと、草は生き延びようとしてさらに繁茂する。地面の下では根が太り、そうすると土は硬く、水はけも悪くなる。

反対に風に倣《なら》ってまばらに刈ると、草の根は毛細血管のように細くやわらかにひろがり、水の通りがよくなって昆虫も寄ってくる。「虫たちは葉っぱを食べて、空気の通りをよくしてくれている」のだそう。

映画を見た夜、私は寝ながらこんなことを連想していました。

たとえば何か悩みごとがあって、自分のだめなところをあれこれ考えているとき。それを根こそぎなくそうとするのは大変だけど、風に倣って揺れるように、よくないところを払ってやるといいかもしれない。そうすれば前よりは光が通り、しなやかな根っこも知らないまに張りめぐらされ、頑丈になれるかも。「自然界は少し悪いところがあるくらいの方が、植物も昆虫も土も、それを正そうとして元気になるんです」。確か、矢野さんも言っていたような気がします。

ところで、うちのマンションは日当たりだけは良好ですが、庭もベランダもなく、鉢植えの植物は窓辺が定位置。小さな植木鉢に長いこと押し込められ、ずっと元気をなくしていた姫白丁花《ひめはくちょうげ》を、この春ようやく大きな鉢に植え替えたところです。

私の植物のもうひとりの先生は、北九州市に住んでいる友人の絵本作家・山福朱実《やまふくあけみ》さん。彼女はベランダはもちろん、いろいろなところにプランターを並べ、花や野菜を自由に育てています。屋根の上では今、レースのようなパクチーの白い花が咲き乱れ、ジャスミンも軒にからまってむせかえるほどだそう。

そんな朱実さんに、植物の水のあげ方についてメールで尋ねたら、こんな返事が届きました。

水は、鉢の土の表面が乾いたかなと感じたらあげてください。本当は、鉢底から流れるくらいあげるのがいいんだけれど、鉢皿に水が残るのはよくないので、いつもは軽く。たまに台所や洗面所、お風呂などでジャバジャバたっぷりあげると喜びます。鉢底から水を流すのは、土のなかに新しい酸素を送ってあげるのが目的です。深呼吸みたいなイメージかな。

植物も地面も人の体に似ていると、ふたりの先生から教わりました。

ネズミモチの垣根

きのうもおとついも、日傘を差して坂を下りました。手紙を出しにポストまでとか、パンを買いにとか、小さな用事をこしらえて。今朝は「コープさん」まで。とりたてて買いたいものがあるわけではないのだけれど、緑が騒ぐこの季節、なんとなく外に出たいのです。

海を眺めながらゆらゆらと坂を下っていたら、風にのって懐かしい匂いがしてきました。通学路の川ぞいの小道に、ネズミモチの垣根があるのです。

ネズミモチは一年の間のほとんどを緑の葉だけで通す、ありふれた垣根の植物ですが、時季がくると米粒くらいの蕾を枝先につけ、初夏には白い花穂《かすい》を咲かせます。

よく見ると、小さくて可憐な花の集まり。控えめなその姿に似合うおよそ花らしくない香り。草のような、麦のような、けれど遠くからでもそれとわかる野性的な芳香が私は好き。この香りがしてくると、引っ越してきたばかりの心細かったころのことを思い出します。少し切なく……けれど、決して悪い感じではない思い出。

「コープさん」からの帰り道、三つ編みの女の子とすれ違いました。

あ、あの子だ。

ずいぶん前に、公園のすべり台の上に藤色の水筒をおいて、よくひとりで遊んでいた女の子。大きくなったなあ。もう、中学生くらいだろうか。指折り数えてみると、確かに中学生になっていてもおかしくありません。坂のとちゅうのその公園には水飲み場があるので、私はよく買いもの帰りにリュックを下ろし、休憩をしていました。ベンチの後ろの柵にもネズミモチの花が茂り、ふらふらと蝶々が蜜を吸いにきていたっけ。

海の見えるその公園で、久しぶりにひと休みすることにしました。

手を洗って水を飲み、「コープさん」で買ってきた小粒の苺をひと粒。

ああ、おいしい。もしかすると、今年最後の苺になるかも。

草木が大きく枝をひろげ、青々と葉を光らせています。太陽の光はけっこう強いのに、風が涼やかなのは山に近いから？　ふと、こんなに気持ちのいい季節に、私は東京から越してきたのだなあと思う。

帰ってから、引き出しの整理をしていたら、懐かしいカードが出てきました。

高山さんへ
神戸での時間が、心の森深くに潜んでいる巣のようなものとつながって、新しい世界を見せてくれますように。
いってらっしゃい。　２０１６年5月12日

ネズミモチの垣根

引っ越しを手伝ってくれた、二十年来の東京の友人が、プレゼントの双眼鏡の包みに忍ばせてくれたカードです。本当にその通りになったなと、その言葉をかみしめました。

あれから丸六年が過ぎ、今年はネズミモチの香りにあたたかな懐かしさを感じます。

家族や友人、仕事仲間、住み慣れた東京から離れ、ひとりで生きていくんだと力んでいた私。かたくなで、ぎこちなかった当時の私のことを、六つ下の妹のように眺められるようになったのかもしれません。

懐かしいメール

朝ごはんを食べながらぼんやり窓を眺めていたら、遠くの方に船がゆくのが見えました。まっ白な波跡を残し、ゆっくりと進んでいきます。ツバメがつ――っと空を横切り、海から山から風が吹きぬける。今年もまた、六甲に夏がやってきたのです。
この間、私のＨＰ「ふくう食堂」に懐かしい方からメールが届きました。私は驚き、嬉しくてすぐに返事を書きました。送り主の了承を得、冒頭を引用させていただきます。

高山なおみさま　こんにちは。もう、五十五年も前になります。

京都から富士市に引っ越し、小学校に入学してまもなくでしょうか、三歳年上の姉が同級生を家に連れてきました。スマートで目が大きく、小さな声でささやくように笑っていたかわいい女の子でした。姉と一緒にお家に遊びにいかせていただいたこともあります。私は姉のくっつき虫で、いつも一緒に遊んでもらっていました。その節はありがとうございました。

小学校四年生のとき、私のクラスに転校生がやってきました。ショートカットのよく似合う面長の静かな女の子。目を伏せながらぽつんと立っている姿も、おしとやかな話し方も、クラスの誰とも似ていない雰囲気を持った子でした。松岡さんといいます。
雰囲気なんていう言葉、当時の私はもちろん知らなかったのだけれど、彼女が纏《まと》っている空気のどこかに、京都という見知らぬ土地の匂いをかいだのでしょう。私はわくわくそわそわし、生まれてはじめて自分から声をかけ、松岡さんと友だちになったのです。引っ込み思案で吃音《きつおん》持ち、コンプレックスでいっぱいだった私が。

お豆腐屋さんの脇の急な坂道を上りつめ、ちょっと斜めに下ると、門がまえの松岡さんちがありました。松岡さんのお父さんは高速道路の建設の仕事をしていて、何週間も留守をすることがあるようでした。久しぶりに帰ってくると、日焼けした笑顔で娘たちのことを抱き上げ一緒に遊ぶのです。市役所勤めの真面目な父しか知らなかった私は、どきどきしました。

メールをくださった妹の淳子さんは丸顔で、目がくりっとしていて、ころころとよく笑う子でした。庭の水道の近くで、飼っていたニワトリをお父さんがしめているのを三人で見守っていたときのこと。夕暮れの台所、お母さんが大鍋でくつくつ煮ていた巻き貝の甘辛い匂い。食いしん坊の私は、「なおみちゃん、食べる?」と言ってほしくて、お母さんの横にずっと立っていました。記憶はそこで飛び、坂道をせっせと帰っている私。口のなかは想像の貝の味でいっぱいでした。
さて、驚いたのは淳子さんの続きのメール。

その六年後、再び私たち一家は引っ越します。もともと関西出身ですので、関西の神戸に来ました。六甲《ろっこう》道《みち》に住んでいました。

今、淳子さんは神戸市の北区に、松岡さんは西区に住んでいるんだそう。結ばれたりほどけたり、またしゅるしゅると同じ方に向かって伸びていく縁のリボン。ちかごろ私は、六甲道のよく行くスーパーで、その巻き貝をみつけたんです。バイ貝というのですね。

幼い自分との再会

いつものように朝風呂に浸かっていたら、ザザーッという大きな音が聞こえてきました。ラジオの雑音？　あれ、ラジオなんかつけていたっけ。それとも雨？　タオルを巻いて確かめに出てみると、裏山から下りてくる蟬時雨なのでした。

今朝のヨーグルトは西瓜。窓辺では暑すぎるので、床にペタンと座って扇風機に当たりながら食べることにしました。ここからだと、空しか見えない。もこもこした大きな雲が、窓のはしからはしまでまっ白な山脈のように連なっています。

今年の夏は、本当によく西瓜を食べたなあ。スーパーで八つ割りを買ってくると、種のついたまま乱切りにして、タッパーに入れておくのです。緑の皮だけむいた白いところも、サラダとしてよく食べました。赤い実を少し残してひと口大に切り、塩をまぶしておくと水分が出てきます。その水分ごと冷蔵庫に保存しておいて、うっすらとピンク色に染まった汁ごとをお皿に盛り、冷たいのをしゃくしゃくと食べる。塩けに混ざったほのかな甘みがおいしくて、おいしくて。

そういえば子どものころ、祖母がよく西瓜のぬか漬けを作ってくれました。上の方の実より、皮に近いところが好きだった私。いつもぎりぎりまで歯で削って食べてしまうので、「なーみちゃん、ちっとは赤いとこも残しておいてくれないと、ぬか漬けがおいしくできないさや」と、よく笑われていたっけ。

さて、「懐かしいメール」では小学校四年生のときに友だちになった転校生、松岡さんのことを書きました。妹の淳子さんのおかげで、五十五年ぶりにつながった縁のリボン。その後、エッセイを読んでくださった松岡さんからも思いがけないメールが届きました。
「なおみちゃんの文章を読んでいて、まるであのころにタイムスリップしたような感覚になりました」ではじまる、嬉しいお便りの一部をここに引用させていただきます。

私は内気で、京都にいたときにもほとんど友だちがおらず、いつも泣いているような子どもでした。内気、根暗、人見知りの三拍子そろった性格の私が、すぐに友だちを作れるわけもなく、毎朝、まだ一年生だった妹の手を引いていやいや登校していたので、いつも遅刻寸前でした。でも、きっかけは覚えていないのですが、しばらくしていつもなおみちゃんと一緒にいて、なおみちゃんはまるで私の保護者のような存在でした。なおみちゃんの家に行ったとき、一緒におばあちゃんのお部屋にこっそり入って、養命酒を飲んだこと……炊きたてのホカホカご飯にバターをのせて、おしょうゆをかけて食べたこと……男子にからかわれ、泣きそうになっていたとき、なおみちゃんが守ってくれたことなど、今でも鮮明に覚えています。

お便りを読んだ私は、まるで小さい自分に出会い直したような気持ちになりました。四年生といえば、週にいちど隣町の小学校の「ことばの教室」に祖母と通っていたころ。吃音持ちでみんなと同じようにできない自分を恥じ、暗澹《あんたん》たる小学校生活を送ってきたとばかり思っていたのです。でも、なかなかどうして、私なりに楽しく元気に過ごしていたのだと、松岡さんのおかげで知ることができました。とんでもなく食いしん坊だったから、おいしいと思ったものは、大好きな人にどうしても食べてほしかったんだろうな。そこだけは今と変わらず、職業にも生きています！
ところで、松岡さんのお母さんがいい匂いをさせて大鍋で煮ていた巻き貝の煮ものは、バイ貝とねじりコンニャクを甘辛く炊いたもの。
今は亡きお父さんの好物だったそうです。

夏の終わりの旅

朝方、雨が降り出したので、枕を窓辺に寄せて目をつぶっていました。クーラーを消し、網戸にして。しとしとみちみち……雨の音は安らぎます。

東京と山梨の旅から帰ってきたのはおとつい。東京が思いのほか肌寒く、山梨でも日が落ちると薪ストーブを焚いていたから、新神戸駅に降り立ったとき、のしかかってくるような暑さに驚きました。

きのうも一日じゅうぼんやりとしてしまい、仕事になりませんでした。わずか二泊の旅ですが、濃い時間がめまぐるしく過ぎていったので、なかなか日常に戻れないのです。戻れないというより、戻りたくない。

東京ではラジオ番組の収録と、『帰ってきた　日々ごはん⑫』刊行記念のトークイベント。どちらもはじめてお会いする方との対談で、母を看取《みと》った三年前のことなど、思い起こしながら話しました。夜の八時半に終わって、電車を乗り継ぎ、吉祥寺《きちじょうじ》の友人宅に着いたのは十時。いつもならとっくにベッドに入っている時刻です。

ひと晩泊めてもらい、翌朝は山梨に出かけました。絵描きの友人の展覧会が、富士吉田の画廊で開かれていたのです。

そこは森のなかにある、とてもひろびろとしたところでした。入ると、どこかの国の女の人の歌声が低く流れていて、ほの暗い迷路のような空間にたくさんの絵が飾られていました。ほかにお客さんがいても、話し声が聞こえてきても、そこにある空気がすべてを吸い込んでしーんとしている。

窓の外、ウッドデッキの向こうには小屋があり、そこで寝泊まりしながら描いた友人の大きな絵が吊るされていました。

日の光によって変わっていく絵の色合い。さっきまで晴れていたかと思ったら、ぽつりぽつりと雨がきて、そのうち本降りになったり。しばらくするとまたぱーっと光が差し、お天気雨になったり。何をするわけでもなく、緑と雨と絵と、ときおりやってくる小鳥たちをガラス越しに眺めているだけなのに、いつまでもいつまでもそうしていられるような。昼間なんだか、夕方なんだかわからなくなるような。

その晩、私は近所の宿に泊まりました。また戻ってきて、外の絵を眺めながら、おいしい朝ごはんをごちそうになって。帰りは、画廊の主が新幹線の駅まで車で送ってくださることになりました。立ち寄った浅間《せんげん》神社には、富士山の雪解け水が流れていました。川に腕を浸すと、いっぺんに思い出しました。この水の冷たさを私はよく知っているのです。母の実家が富士宮で、幼いころにしょっちゅう泊まりにいっては、祖母のこしらえた混ぜご飯やおそうめんを頬張ったり、従兄弟たちと家の前の川で泳いだりしていたから。台所のタライで冷やされていた丸ごとのスイカ。お風呂場を洗うホースの水さえキーンと澄んで、氷水みたいに冷たかった。

帰りの車窓からは、高いところと低いところの雲が重なって流れていくのが見えました。どこまでも続く黄金色の田んぼ。若かりしころの母の笑顔と、サンダルばきの踵《かかと》やふくらはぎ。子ども時代から、今ここにいる私。日の入りに向かう太陽の下、大きな大きな時間のなかを走りぬけているような心地でした。

今年はじめての栗

台風が通り過ぎ、とうとう秋がやってきました。すみずみまで晴れ渡り、香ばしいお天気が続いています。

いつもより長びいた今年の夏。ついこの間まで三十五度を超える日もあったのに、ひんやりした風が山から下りてきたとたんに夏の日の記憶は薄れ、思い出そうとする頭もどこかにおいてきてしまったみたいにぽかんとして。なんだか懐かしいような、ほんのり切ないような、そんな気持ちになるのです。秋は空気があんまり澄んでいるから、人の体や心までも透き通り、いろいろなことを忘れるようにできているのでしょうか。

ベッドに寝そべり空を仰げば、うろこ雲がひろがっています。秋の光は、春とも夏とも冬とも違う。窓に差し込む角度が違う。それに景色が、あちこちくっきりと見えます。

「秋は　綺麗《きれい》にみがいたガラスの中です」とは、どなたの詩の一節でしたっけ。この時季になるといつも口からこぼれ出てきます。だって、本当にその通りなのだから。

今日私は、六甲道にある朝採れ野菜の直売所で栗をみつけました。今年はじめての栗。近くの土地で採れた秋の便りが嬉しくて、赤いネットに入ったのをひと袋ぶら下げて帰ってきました。ひとり暮らしにはちょっと多いけれど、栗ご飯がどうしても食べたくて。

帰るとすぐに十粒ほどより分け、鬼皮をむきやすいようぬるま湯に浸しておきました。お米をといで、水、酒、塩を加え混ぜ、浸水させている間に、窓辺で栗の皮をむきました。

さて、残りはどうしましょう。いつもだったら渋皮煮にするのだけれど、いただきもののお菓子がたくさんあります。それで、本をお手本にして栗ジャムを煮てみることにしました。栗のジャムなんて、生まれてはじめて。

まず、鍋にたっぷり水を張り、栗を放り込んでゆではじめます。煮立ったら弱火にし、ゆらゆら。

一時間ほどしたらひとつ取り出し、スプーンですくって食べてみました。

うーん、おいしい！　やっぱり、ゆでたての栗は格別です。

ざるに上げ、熱いうちに半分に切って実をかき出していきました。渋皮が混ざらないように気をつけながら、つまみ食いも忘れずに。

そういえば私は、秋になると毎日のように栗をゆでていた時期があります。それは、上京したての十九歳のころ、アルバイト先の小さな喫茶店でのことでした。何をするにものろまで、引っ込み思案だったあのころ。お客さんが八人も入ればいっぱいになってしまう潜水艦みたいなその店が大好きで、くる日もくる日もキッチンに立ち、ケーキを焼いていたのです。パウンドケーキやチョコレートブラウニー、チーズケーキにパン・ド・ショコラに、季節の果物のタルト。

栗のタルトは秋の定番で、やっぱりこんなふうに、ゆでたての実をひとつひとつスプーンでかき出していました。タルト生地に流す栗のクリームには卵黄や生クリームを加え、コアントロー（オレンジの香りのするリキュール）で香りをつけていたっけ。

さて、台所の栗ジャムに戻ります。

かき出した栗150グラムは鍋に入れ、水をたっぷり加えて中火にかけます。すぐにアクが出てくるのでていねいにすくい、混ぜながら煮ていきます。とちゅうで粉砂糖80グラムを二度に分けて加え、アクをすくいながらとろみが出るまで煮続けます。焦げつかないようにどうか気をつけて。木べらで混ぜたとき、一瞬だけ鍋の底が見えるくらいが煮上がりの目安。

仕上げにバニラオイルを一滴落としてみたら、いっぺんに華やいで、栗のまろみをひき立ててくれました。明日の朝、トーストに塗って食べるのが楽しみです。

神戸の晩秋

早いものでもう十一月、ちょっと前よりもさらに日の出が遅くなり、六時くらいにようやく明るんできます。空にオレンジ色の帯がうっすらと浮かび上がるころ、窓を開けるといい香りがします。夜露をふくんだ木々の精気が、明け方の大気に溶け出しているみたいな匂い。そうこうしているうちに日の出となり、海が盛大に光りはじめるのもひとつ季節が動いたしょうこ。

さて、今年もまた秋晴れの日に、「FARMSTAND」の亜由美さんの案内で、神戸の野菜を育てている農家さんたちを訪ねることができました。今朝のヨーグルトの柿と食用ホオズキは、北区の農園でいただいたもの。柿の甘みにホオズキの酸味がぷちぷちと弾け、とってもおいしい。

食用ホオズキはトマトの親戚で、小さな体にいろいろな栄養素を蓄えているそうです。そういえば、ペルーの山道でひとつだけなっていた野生のミニトマトに味が似ています。

「ホオズキは繁殖力が強く、落ちた実から芽が出て、勝手に育った株もあるんですよ」と、農園の主が教えてくれました。実から生まれ育った、次の世代の実。実生《みしょう》というどこか幻想的な響きの言葉が農業の用語としてあることを、はじめて知りました。

農園の見学に出かけるひと月ほど前、私はアサギマダラを見たくて、ロープウエーで摩耶山《まやさん》に上りました。アサギマダラは渡りの蝶。越冬のため、南に向かって旅をするめずらしい蝶だそうです。フジバカマの花の蜜が好きで、摩耶山や六甲山は羽を休める中継地。濃い茶に空色の模様を透かせ、ふわりふわりと舞う群に、山頂のお寺の庭で出合うことができました。

展望台では、大きな景色を眺めながらのお弁当。対岸に続く紀伊半島の山並み、空港、埋め立て地、神戸の街、山裾まで続く家々……目印になる建物をひとつひとつたどっていって、小さな箱のようなうちのマンションをみつけました。思っていたよりも街からずっと離れたところにあり、ほとんど山のとちゅう。私はあんなに緑に囲まれたところに住んでいるのか。夏の朝、玄関先の通路からヨーグルトを食べながらいつも見上げていた裏山はほんの一角、後ろにもまだ高い山がそびえているのです。

農園見学に出かけた日は、その山の向こうの道路を走りぬけました。移住して七年目、ようやく自分がどんなところに住んでいるのか、体で知ることができたわけです。

ここに暮らすようになって五年目に生まれた絵本、『ふたごのかがみ　ピカルとヒカラ』は、神戸の空や海、森を眺めているうちに芽生えた物語。絵を描いてくださったたつよしゆうこさんは、西宮《にしのみや》市に住んでいる私の友人です。なんと今年は、合唱団の子どもたちが、この絵本の世界につながる歌を歌ってくださるそう。『ふたごのかがみ　ピカルとヒカラ』ができるのを楽しみにしていた母に、教えてあげたいです。

ある日の日記から

きのうは朝早くに家を出て、市の健康診断に行ってきました。曇り空でしたが、東の方角にオレンジがかった金色の海が少しだけ見えました。冬は日の出がゆっくりだから、太陽もまだ下の方。山登りの好きな友人から教わったのだけど、こういう光を金波《きんぱ》と呼ぶそうですね。銀波もあるらしく、なんだかありがたい名前です。

坂道のとちゅうで、ネズミモチが黒い実をつけていました。白い小さな花をいくつも咲かせ、草のような、麦のような、野性的な芳香を振りまいていたのは初夏のこと。あれから半年が過ぎ、気づけばもう十二月だなんて早すぎます。

健診センターへは、坂を下って川ぞいをてくてく。住宅街をぬけ、JR摩耶駅を通り越し、一時間ほどで着きました。去年もここに来たのだけれど、窓の大きな明るい建物で、海を見下ろしながら血圧を計り、紅葉の山を仰ぎながら採血を。ひろびろとして気持ちがいいし、案内の方たちもみな親切なので、年にいちどの検査が楽しみになるくらい。

去年は、コレステロール値がちょっとばかり高く、骨密度も落ちているということで食事の指導を受けました。言われてみれば、ひとり暮らしになってから、手軽にできる肉料理ばかり。それで、今年は積極的に魚を食べるようにしました。野菜もお豆腐もこれまで以上に。

さて、ひと月後に届く検査結果はどうなっているでしょう。

このところ私は、次に出る本『帰ってきた　日々ごはん⑬』の校正をしていました。母を看取った半年後、二〇二〇年の一月から六月にかけての日記なので、コロナがはやりはじめた時期にも重なります。

薬局ではマスクがなくなり、トイレットペーパーやティッシュも見当たらず、図書館も閉まっていた日々。私はテレビのニュースを消し、部屋にこもって仕事ばかりしていました。週にいちどの買い出しで「コープさん」に行っても、通路でお客さんとすれ違うときには、互いのマスク越しの表情が硬かったあのころ。

そんなある日、冬になるたびに毎年床に敷く絨毯《じゅうたん》を、バスタブのなかで踏み洗いしたことがありました。その絨毯は私が二十代のころに糸を染め、織ったもの。

自分の書いた日記を引用するなんて、ちょっとおかしな気持ちですが、ここに少しのせてみます。


その織物が今、こうしてここにあり、冬の間なくてはならないものになっている。そして、織ったころとほとんど変わらずにここにある。そのことが不思議。でも、そんなことを言ったら、私が毎朝毎晩、扉を開けては化粧水やクリームを取り出し、顔に塗り、またしまったりしてお世話になっているのは、子どものころから実家にあったライティングデスクだ。これは祖父が作った。上京した十九歳のころからずっと使っているのだから、いったい何年になるんだろう。もうひとつ、最近不思議だなあと思うこと。それは、母のことを一日として思わない日がないことだ。入院していたころだけでなく、私が子どものころの母を、生々しく思い出したりもする。目に見えるものと、見えないもの。両方ともが、とても近くにある不思議。

健康診断の帰り道、商店街のお豆腐屋さんでしぼりたての豆乳を、市場の魚屋さんではピチピチの小鰺《こあじ》を買いました。どうしても南蛮漬けが食べたくて。
毎年、確実に年を重ねている私の体。見えるものと、見えないもの。その両方に支えられているんだなあと、今感じます。

三年ぶりの帰省

新年、明けましておめでとうございます。みなさんはどんな年明けを過ごしましたか?

私は三年ぶりに、静岡県富士市の実家に帰省してきました。大晦日の夜に響き渡る教会の鐘の音や船の汽笛。澄み切った空を眺めながら、ひとり静かに迎える神戸のお正月も大好きなので、本当はあまり気が進まなかったのだけど。母はもういないから、帰ってもつまらないし。

駅まで迎えにやってきた双子の兄のみっちゃんは、母の亡きあとひとり住まいになり、家のなかや庭をずいぶんきれいに整えてくれていました。埃だらけだった母の本棚もなくなり、机の上にはパソコンだけ。今はそこが彼の仕事部屋となり、介護ベッドで寝起きするのも調子がいいのだそう。

三十日は、たまたま泊まりにきていた、いちばん上の兄の息子と三人で、中学時代の同級生がやっているイタリアンレストランに夕食を食べに出かけました。同級生に会うのももちろん久しぶりですが、甥っ子と再会したのはなんと二十年ぶり。まだ小学生にもなっていなかった子が、まっすぐな目を持った清々しい若者に成長していて驚きました。私の書いたものも読んでくれているらしく、「なおみおばさんは、高山家でも相当変わっていますね。オンナ又吉《またよし》（直樹さんのこと）みたいです」なんて。

甥っ子はその晩のうちに自宅に帰り、三十一日はみっちゃんとふたりでお墓まいり。墓石をごしごし洗って、お花をかえて。今見ると、どうしてこんなところで迷うんだろうというような一本道なのだけど、見知らぬお墓に挟まれ、怖い思いをした小さいころのことも思い出しました。兄姉がみんな並んで、父のする通りにお線香を上げていたあのころ。当時は祖父も祖母もまだ元気でした。

お墓まいりのあとに寄った姉の家では、年越し蕎麦のおつゆ、刻みねぎ、お餅、手作り伊達《だて》巻きのはしっこ、自家菜園の大根、里芋、庭の金柑《きんかん》と水仙の花を一輪もらって帰りました。毎年盛大に開かれる餅つき大会も、親戚や友人が入れ替わり立ち替わり集まる新年会も、コロナのためにここ何年か休んでいて、今年は息子たちの家族とだけ過ごすのだそう。

帰ってきて、金柑と水仙を玄関に飾り、みっちゃんは次女の家の忘年会へ。私はひとり留守番をしながら、元旦のごちそうの支度をしていました。ごちそうといっても二人分だし、子どものころから変わらない、わが家のお雑煮の下ごしらえです。昆布とかつお節でだしをとり、大根と白菜、ゆでた里芋を加えたおつゆ。上にのせるほうれん草はひと束分をまとめてゆで、切りそろえて保存容器へ。あとは、柚子をしぼった白菜の塩もみと、煮豚くらい。

料理をしながらふと振り返ると、満面の笑みの母の遺影がありました。「なおみちゃん、よく帰ってきたね」、という声まで聞こえてきそうです。写真というのはすごいものだな。なんだか、母とふたりで大晦日の台所に立っているみたい。

寝泊まりしている和室は畳が新しくなり、懐かしい母の箪笥《たんす》もなくなっていました。冷蔵庫も洗濯機も新しくなり、お風呂場も見違えるほどきれいになって。まるでこの家が生まれ変わったようになっているのを、どこかさびしく思っていたのだけど……。

日暮れどき、二階に上ると富士山が顔を出しました。ここは、古い家のときには姉と私の部屋があった場所。窓際には足踏みミシンがおいてあったっけ。雲に隠れて姿が見えないこともよくある富士山。でも、いつでもそこにある富士山。

雪じたく

ゆうべは夜中にぐっと冷え込み、毛布をもう一枚出してかけました。カーテンをめくると、うっすら白くなった道路が街灯に照らされていました。いいぞ、いいぞ。

朝起きたら、わー、積もってる！　軒には小さいけれど氷柱《つらら》もできています。ヒマラヤスギもヒイラギも、トネリコの木も綿帽子。水道の水はキーンと冷たい。

「十年にいちどの寒波がやってくる」

ラジオでもテレビでも、もう何日も前から注意を呼びかけていて、おとといから私は、いそいそと支度をしていたのです。雪が積もったら、うちの坂はすべって下りられなくなる。何はなくとも食料の買い出しだ。何日分かまとめて買っておかなくちゃ。

雪の日に食べたいメニューのナンバーワンは、甘辛いおつゆの鍋焼きうどん。卵とほうれん草とねぎは冷蔵庫にある。えびの天ぷらをのせたいけれど……熱々の鍋焼きうどんを思い浮かべながら、私はスーパーの売り場を往ったり来たり。すると、棚の向こうから声が聞こえてきました。

「今、コープさんで買いものしてんねん。雪が降るっていうからなぁ」

カートのカゴをいっぱいにしたおばあさんが、携帯電話で誰かとおしゃべりしています。声だけ聞いているといかにも面倒くさそうなのに、なんだか嬉しそう。こちらもつられて、にやにやしながら売り場をぐるぐる。

お総菜売り場でさんざん迷ったあげく、けっきょく天ぷらはあきらめ、魚売り場でむきえびを買って、自分でかき揚げを作ることにしました。あとは、合いびき肉でミートソースを作ろうか。北海道の友人夫婦が送ってくれたじゃがいもがまだあるから、マッシュポテトを重ねたグラタンはどうだろう。まてよ、クリームシチューも食べたくなりそうだから、鶏肉と牛乳も買っておこう。

それが、おととい。

今朝は晴れ。雪は、もうやんでしまいました。

学校が休みになったのか、子どもたちのはしゃいでいる声が聞こえてきます。窓からのぞくと、近所の男の子がふたり、ソフトボールよりもひとまわり大きな雪の玉をだいじそうに抱え、山の方から下りてくるのが見えました。小さな雪だるまを作るのかな。

向かいの建物の屋上はまっ白。遠くに見える家々も、教会の三角屋根もまっ白。みんなまっ白だから、いつもより海が光ってものすごく眩しい。

街の方はどうなっているんだろう。

誰も、下の道を通りません。

とつぜん電話が鳴りました。

「今日は、道路がすべるので、山の方のお荷物を届けられなくなってしまいました」、郵便局からでした。

午後からは、お天気雪が少し舞ったり、急に暗くなったかと思うとまたパーッと明るくなったり。もう、雪は降らないのかな。私はちっとも落ち着かず、用もないのに台所に立ってみたり、窓辺で編み物をしてみたり。

夕方になって、また降りはじめた雪。

どんどんどんどん降ってくる。

綿雪が風に煽《あお》られ、窓はまっ白。

台所では今、じゃがいもをゆらゆらゆでているところ。今夜はミートソースとマッシュポテトのグラタンです。

早起きの理由

冬の間私は、とてもよく眠りました。朝七時になってもまだ暗く、寒くてなかなかベッドを出られなかったから。そうして夜は夜でまた、いつも通りの時間に眠たくなるのです。

気づけばもう三月。日の出の時刻もずいぶん早くなり、自然と早起きの習慣が戻ってきました。しばらく休んでいた朝のラジオNHK－FMの「中学生の基礎英語レベル1」も再開です。

今朝の太陽は、昇りはじめにルビーのような光がふたつ。どうしてだろう？　と思いながら、布団をかぶって見ていました。ぐんぐんとすべるように昇り切った太陽はとても大きく、燃えるようでした。ふたつに分かれていたのは、きっと、林の小枝に挟まれて出てきたせい。

文子《ふみこ》さんたち、見てるかなあ。

早起きができるようになったのには、じつはもうひとつ理由があります。先月、うちのマンションに引っ越してきたご夫婦と急速に親しくなったのです。同じとき、同じ空を、まさに今ふたりも眺めていると思うと、嬉しくて寝坊などしていられません。

大阪出身の文子さんと、イタリア人のファビオ。彼らはニューヨークのブルックリンに二十五年間住んでいました。そこはいろいろな民族が集まって暮らしている地域らしく、「私らのアパートメントにも、ドイツやイタリア、フランス、韓国、中国などいろいろな国籍の人がやってきて、共用語は英語なんやけど、みんな訛《なま》りがあるし、文法なんか間違っていても気にせんとしゃべってました」。

文子さんは私のために大阪弁まじりの英語を話し、ときどき同時通訳してくれる。これまで私は、英語を話す人はみんな早口なのかと思い込んでいました。けれどファビオの英語はゆっくりで、とても穏やか。言葉を探しているときには目を伏せ、しばらくだまっていることもあります。

ついこの間、パソコンにかじりついて仕事をしていたら、「今日もいいお天気。五時前あたり、もしもお時間よろしければ、一緒に夕日を見ながらアペリティーボ（夕食前におつまみとともに軽く一杯やること）いかがです？」、というメールが文子さんから届きました。彼らの部屋は六階の角部屋なので、キッチンの窓から山に沈む太陽が見えるのです。

日暮れどき、私はワインオープナーを手に階段を駆け上り、「今日は何をしていましたか？」なんておしゃべりしながら、赤ワインと生ハムをのせたガーリックトースト、チーズ、グリーンピースとじゃこの小さなおにぎりをごちそうになりました。

昼間はおのおの仕事をし、普段着のまま夕方を一緒に楽しめる隣人。ふたりといると私は、英語をしゃべりたくてたまらなくなり、日本語さえも片言に。でも、ものすごく楽しい！

アペリティーボの翌日には、ファビオの好物の豆のスパイシーカレーを私が作り、夜、空のお鍋を抱えてやってきた文子さんにおすそわけしました。このごろの私の楽しみは、英語の絵本を図書館で借りてくること。見慣れない単語も出てくるけれど、絵があるからなんとなくストーリーがわかるみたい。ラジオの英語講座ももうじき一年。とりたてて勉強してきたわけではないけれど、知らない間に、英語が体にしみ込んできているのかもしれません。

はじめてふたりがうちに挨拶《あいさつ》にきてくれた日、私はひと目で彼らを好きになり、寝室やバスルームまで部屋じゅう案内しました。そのあとで用事があり、慌てて身支度をして出かけたのだけれど、マンションの外に出たとき、目に入ってくるものすべてが光って見えました。電柱も、ガードレールも、枯れ木や枯れ草も。

アルバム
2022年4月から2023年3月まで

四月　朝の楽しみ

『からすのカーさん
へびたいじ』
（冨山房）

朝はカーテンの模様が壁に映ります

雨上がりの窓辺より

五月　植物の先生たち

植え替えをした姫白丁花

六月　ネズミモチの垣根

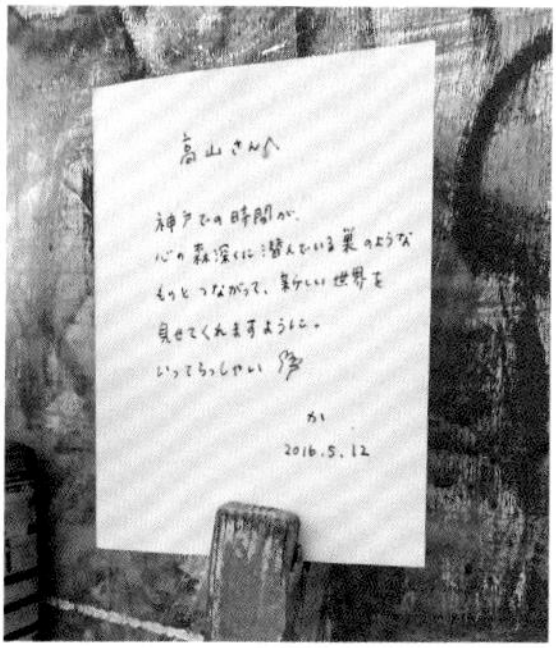

友人からのカード

川沿いのネズミモチ

この坂を下って街に向かいます

七月　懐かしいメール

夏の花タチアオイ

八月　幼い自分との再会

夕暮れの雲を仰ぎながら、
とうもろこしを食べました

西瓜の皮のサラダ

九月　夏の終わりの旅

新しい母の祭壇

画廊で詰めてもらった、
富士山の地下水

十月　今年はじめての栗

ある朝の秋空

栗のジャムはねっとりとして、
甘みをおさえた栗ようかんのようです

十一月　神戸の晩秋

摩耶山のアサギマダラ

『ふたごのかがみ　ピカルとヒカラ』
（あかね書房）

食用ホオズキの実。
北区の農園にて

十二月　ある日の日記から

坂の上から見た海の光

ネズミモチの実

夕日に照らされる大晦日の富士山

一月　三年ぶりの帰省

みっちゃんとふたりの、
ささやかな元旦の食卓

二月　雪じたく

雪が積もった朝

ミートソースとマッシュポテト
のグラタン、ほうれん草添え

おすそわけした
豆のスパイシーカレー

三月　早起きの理由

英語の原書絵本

北九州の家族

北九州に行って、帰ってきたら、桜が満開になっていました。出かける前には枯れ木の方が多かったのに、いつのまにやら若葉も増え、ひと晩眠るごとにぐんぐん。きのうは、あまり上手ではないけれど、山の方からウグイスのさえずりが聞こえてきました。春は早いなあ。私はまだ、そのめまぐるしさに追いついていけません。それはきっと、旅があまりに楽しかったから。

北九州で何をしていたかというと、新しく出た本『帰ってきた 日々ごはん⑬』の三日間にわたるイベントです。装画を描いてくれた友人、山福朱実さんの版画と歌、ギターの末森樹《すえもりたつる》君の音楽に囲まれてトークをし、料理をこしらえ、お客さんに振る舞ってきました。会場はもと動物病院のギャラリー「Operation Table《オペレーション・テーブル》」。そこは、オーナー・真武真《またけま》喜子《きこ》さんの実家で、空色に塗られた大きな壁が目印の、どこかの国のホテルみたいな三階建ての建物。

診察室のライトやタイルなどを生かした展示会場の隣には、お風呂つきのゲストルームがあり、私はそこに寝泊まりしながら、みんなのごはんやイベントのための料理を作っていました。イベントももちろん楽しかったのだけど、何よりものサプライズは、真喜子さんの兄妹がたまたま帰省していて、家族みたいに過ごせたこと。ふたりは施設にいらっしゃる九十八歳のお母さんに面会するため、東京から泊まりがけで来ていたのです。

朝起きると、台所にはいつもお兄さんがいて、コーヒーを飲みながら新聞を読んでいました（ゴミ出しはお兄さんの役目）。私がイベント用の料理をこつこつ仕込んでいると、食卓にパソコンを持ち込んだお兄さんは何やら調べものをしたり、会場のお客さんを冷やかしにいったり。日が傾きはじめると、私もそろって大相撲観戦。そのうちに、「いい匂いがするわねー」と言いながらお姉さんが二階から下りてきて、「もう、ビール飲んじゃおうかしら」なんて。

「おいしいわねえーこれ！　何が入っているのかしら？　どうやって作るの？」

ふたりとも真喜子さん以上に、食べる量も飲む量もおいしがり方も派手やか。私はそれが嬉しくて、飲み屋のママさん気取りで小さなつまみをちょこちょことこしらえては出していました。

そういうときに遠くから樹君のギターが聞こえ、絵を見にきたお客さんと話している朱実さんの明るい声や、ギターに合わせて練習している歌声が聞こえてくるのです。

最終日のライブ演奏の日には、昼間から友人知人たちが台所に加わってごちそうの仕込み。まるで親戚じゅうが集まったような賑やかさでした。メニューは、シガラボレイ（葉巻の形をしたトルコの春巻き）、レモンチキン（たっぷりのレモン汁でマリネした手羽元をオーブンで焼いた）、キャベツと白うりのコールスロー、ドルマ（葡萄《ぶどう》の葉の塩漬けでひき肉とご飯の具を巻き、チキンスープで煮た）、トマトだけのサラダ（粗びき岩塩をふりかけた）、カリフラワーとじゃがいものサブジ、生ソーセージのグリル、大葉春菊（北九州特産の若葉のような生食用春菊）のごまサラダ（すりごまを雪のようにふりかけ、米酢、しょうゆ、甘口しょうゆをまわしかけた上から、熱したごま油をジュッ！）。

そうして、しめのごはんは「コロナなんかぶっ飛ばせカレー」。スパイスとしょうがとにんにくがこれでもかと煮込まれたこのカレーは、三年前に「Operation Table」で催された展覧会の最終日にこしらえた打ち上げ料理。二〇二〇年の三月、世界じゅうでパンデミックがはじまったばかりのことでした。

みどりのあらし

昼下がり、手紙を出しにポストまで坂を下りました。このところ雨が降ったり霧に包まれたり、そのたびに緑は成長し、生きものたちもいきいき。ふり返れば山々が黄緑色にふくらんでいます。私の住んでいる六甲ではこの季節、山から海から強い風が吹いてきます。数年前の今ごろに私は、昆虫の大好きな少年がいじめっこをやっつける『みどりのあらし』という絵本を書きました。

あんまり気持ちがいいので、大風を受けながら「コープさん」まで足を延ばすことにしました。見ている間にも伸びてきそうな若葉を目にとどめておきたくて。

軽く買いものし、えっちらおっちら帰り道。坂のとちゅうで立ち止まって、サツキの花の蜜を吸ったり、ツバメの飛翔《ひしょう》を見上げたり。民家の白壁には、木漏れ日がちらちらちらとさざめいていました。

マンションに帰り着き、玄関のカギを開けようとしたら、買いものカゴの上にかぶせておいたハンカチがない！

慌てて外に出て今きた道をたどってみても、どこにも落ちていません。けっきょく「コープさん」まで歩き、またとぼとぼと坂を上って帰ってきました。大好きなハンカチだったので、ものすごく残念。だいたい私は風に飛ばされたとき、どうして気づかなかったんでしょう。

翌日は日曜日。六階の文子さんとファビオと、川向こうのホームセンターに車で出かけました。駐車場のある屋上から山を仰ぐと、私たちのマンションが小さく見えました。「私ら、本当に、緑のなかに住んでいるんやなあ。ええところやなあ」と文子さん。海の方を見ると、ファビオの早朝ランニングの折り返し地点、赤い鉄橋がすぐそこに。

彼らが越してきてから私たちは、お互いの部屋でアペリティーボを楽しんだり、マンションの階段でばったり会って、お好み焼きを食べにいったり。大阪弁まじりの文子さんの英語に、ゆっくり話すファビオの英語。私のは相変わらず知っている単語を並べただけの英語とも呼べないものだけれど、メモ帳をいつもそばにおいて、はじめて聞いた英単語や使いたくなるフレーズ、響きのおもしろいイタリア語などをちょこちょこ走り書きしています。
Can I have the last one?（最後のひとつ、食べていい？）
Refill!（おかわり！）
Curious（興味）
Satisfied（満足した、いっぱいになった）
Ciappetti（イタリア語で洗濯バサミ）
料理を味わっているとき、ファビオは静かな声で「Beautiful」と言います。小鳥のさえずりが聞こえてきたときも、ビューティフル。落ち着いた部屋の空気のことも、ビューティフル。

「木漏れ日」のように、日本語にしかない表現も繊細ですてきだなぁと思うのだけど、たったひとことで、いろいろな解釈を相手にゆだねる英語って、なんだか詩みたいだなあとちかごろよく思います。

さて、ホームセンターから帰った日にもまた、ふたりの部屋でアペリティーボ。落としてしまったハンカチの話を伝えると、ファビオが朝、ランニングをしながら探してくれることになりました。

富良野の友より

きのうもおとついも雨。洗濯ものがなかなか乾きません。今年の梅雨入りは五月の末、去年より十六日も早かったそうですね。まだ衣替えもできていないのに、季節の移り変わりが早すぎて私はちっともついていけないや。

霧が出はじめ、窓も白くなってきました。文を書くには静かでいいけれど……このところ私は締め切り間近の原稿をいくつも抱え、毎日パソコンに向かっています。雨だから出かける気にもなれないし、まさにカンヅメ状態。

お昼前に、ピンポンが鳴って、細長い箱の荷物がやってきました。

北海道の富良野でプリン屋を営む友人夫婦から、毎年届く季節の便りです。

箱を開けたとたん、森の匂いがしたような気がしました。湿らせた新聞紙に包まれているのは、緑色の茎が産毛にびっしり覆われた野生児みたいな山うど。葉っぱもまだぴんぴんしています。おとつい、「プリン工房の裏に生えているのを、今から掘ってきて送るね」とメールがあったから、楽しみにしていたのです。

山で収穫したアイヌネギをしょうゆに漬けたビンづめは、友人たちも私も大好物。ポキンと折れそうに細いグリーンアスパラの束。これは、近所の農家さんから大量にいただくハネモノ（規格外で販売できないもの）のおすそわけだそう。

極細アスパラは長いまま、塩をきかせた湯でちょっとやわらかめにゆでるのが好きです。パーッと色が変わって、つやつやにゆだったところを引き上げ、緑の息吹を吸い込みながら頭から食べます。立ったまま、何本も食べる！

お昼ごはんには、ふたりもよくやっているイカダサンドを作ってみました。香ばしく焼いた食パンにフレンチマスタードを塗り、パンの長さに切ったアスパラをイカダのように並べたら、粗びき黒こしょうをカリカリ。彼らはアスパラを格子状にし、パンが見えないくらいに並べるそうだけど、私はこれで大満足。なんて贅沢な食べ方でしょう。

山うどは緑の皮ごと細切りにし、細い茎も斜めに切って酢水にさらしました。教わったきんぴらの作り方は、葉っぱもすべて入れてごま油でよく炒め、鷹の爪、だし汁、みりん、しょうゆで味をつけ、たっぷりの炒りごま（半分はすりごまに）を。私は緑の香りを最大限にいかしたいため、毎年、薄口しょうゆでしています。

ひとりではとても食べきれないので、六階の文子さんを呼んでおすそわけ。おしゃべりしている間に雨も上がり、青空がひろがってきました。

富良野の友より

新しい原稿に向かう前にはいつも、うまく書けるかどうか不安になって、胸がつまったようになるのだけれど。梅雨の晴れ間のひととき、おかげで森からふーっと風が通りぬけたみたいに、心に隙間ができました。さあ、続きをがんばろう。

日暮れどき、対岸の建物が西日に照らされ、白く光っています。先週私は、和歌山県の龍神村《りゅうじん》に取材に出かけました。まさに今、そのときの原稿を書いているのだけれど、紀伊半島のはしから車で湾をぐるりとまわって帰ってくるとき、傾きかけた太陽に照らされた海の向こうに、六甲山や神戸の街がずっと見えていました。いつも暮らしている場所を反対側から眺めるのは、なんだかたまらなく懐かしいような、愛しいような……。

晩ごはんにもりもり食べた、ほろ苦い山うどのきんぴら。これこれ、この味！　天気予報によると、明日からまた雨降り。台風が近づいているそうです。

古い冷蔵庫

きのうはおもしろい一日でした。まず、朝ごはんの支度をしようとして冷蔵庫を開けたとき、いつもと違うむわーっとした匂いがしました。このところのムシムシジメジメのせいでしょうか。それで、朝から大掃除。中身を取り出し、エタノール消毒液で拭き上げてようやくすっきり。温度設定も強めにしておきました。

ところが、一時間しても二時間してもちっとも冷たくなりません。庫内の灯りはついているけれど、もしかして調子が悪いんだろうか。コンセントをぬいて、もういちど差すと生き返ると聞いたことがあるので試してみると、それっきり、ことんと静かになってしまいました。

この冷蔵庫は、私がシェフをしていた東京・吉祥寺のレストラン「クウクウ」の、アルバイトの子から譲り受けたもの。いくら住まいが近所だったとはいえ、台車にのせて道路をガラガラ。もうひとりの男の子と助け合い、外階段を三階まで運び上げてくれたのです。

突然のことで、まだ何が起こったのかよくわかっていない私。とにかく八個あった卵だけはゆで、六階の文子さんにメールをしてみました。彼女の新しい冷蔵庫が、とてもいい感じだなあと思っていたので。

ほどなくかかってきた電話によると、ちかごろの冷蔵庫はいろいろな機能がついているから、いちばんシンプルな型をファビオとさんざん探しまわり、大阪の電気屋さんでようやくみつけたのだそう。しかも、最後の一台。「確か御影《みかげ》にも、電気屋さんがあったよねぇ……」。

そのひとことで我に返り、とにかく出かけることにしました。

売り場で私は、シンプルそうに見える冷蔵庫の扉を、開いたり閉じたり。また別のを見にいって、開いたり閉じたり。大きな買いものだからなかなか決められません。それでもどうにか一台選び、支払いをすませようとしたら、レジの近くにまっ白な冷蔵庫がぽつんと立っているではないですか。メーカーは違うけれど、文子さんたちのものよりひとまわり小さく、うちのキッチンにぴったり。しかも、本日限りのバーゲン価格！

帰りに立ち寄ったギャラリー「MORIS」では、「保冷剤で小さな冷蔵庫を作ったら？」とひろみさんに教えられ、ころ合いの発泡スチロールの箱も探し出してくれました。タクシーで帰りつき、さっそく野菜類を救出。

さて、ゆで卵はどうしよう。この蒸し暑さのなか冷蔵庫がなくても保存できる料理といえば、スパイスたっぷりのカレー。日に一度だけ煮返せば、鍋ごと出しておいても傷まないというのは、レストランの経験上よく知っています。

さて、カレーが完成したのは夕方七時過ぎ。おすそわけがてら、ビンづめの保存食やジャムを預かってもらおうと、六階へ。よく冷えたビールをいただきながら、冷蔵庫の話題でもちきり。

「生まれてはじめて、新品の冷蔵庫を買ったの」と私が伝えると、「Me too!」と文子さん。思わず握手しあいました。ニューヨークのアパートは、だいたいどこにも備えつけの冷蔵庫があるから「新しいのがほしくても、ずっと買えなかってん」。

私のは一九九三年の製造。三十年の寿命をまっとうした冷蔵庫よ。これまで私の人生につき合ってくれて、ありがとう。野菜室と冷凍庫もピカピカに掃除して、送り出そうと思います。

夏休みの国

お盆の前に、ひと足早い夏休み。絵描きの友人の家に遊びにいってきました。神戸電鉄に揺られて一時間ほどのところにある彼の家は、両親とお姉さん夫婦、甥っ子ふたりの七人家族。原っぱや林、田畑が近く、私のいる六甲よりも植物や生きものたちがずっといきいきしていました。庭のユーカリの木には、蟬のぬけ殻がびっしり！　ミンミンワンワンジリジリシャンシャン……まるで、耳のなかから蟬時雨が聞こえてくるようです。日中は太陽が近くにあるみたいに暑いので、あまり外には出られなかったけれど、夕方になるといくらか涼しい風が吹き、寝静まるころにはカエルたちの声が。秋の展覧会の支度で忙しそうな友人をよそに、私は小学五年生の甥っ子ユウトク君、二年生のソウリン君とほとんどの時間を一緒に過ごしていました。夏休みの宿題をしたり、作文を書いたり、サッカーや陸上クラブの練習を見学にいったり。

朝、薄明るくなるころに蝉が鳴きはじめると、お母さんの回す洗濯機の音が聞こえてきます。台所では、お姉さんが果物を切っているみずみずしい匂い。メロンにスイカ、リンゴにブルーベリー。顔を洗って身支度し、縁台でヨーグルトを食べていると、庭の池には涼を求めて集まった小さなヌマガエルが何匹もいて、近寄ると、ポトンと水に潜っていなくなる。

そんなある朝、物干しざおの向こうの黄色い花に、黒い大きなアゲハ蝶がとまっているのをみつけました。白い斑《ぶち》のある、はじめて見る蝶。足音を立てないようそっと近づくと、ひらりと翻り、いなくなりました。羽の裾にかすかに見えた紅い三日月型の紋。しばらく探してもみつからないので、あきらめて縁台に戻るとどこからかまた現れ、ヨーグルトを食べている私の鼻先をふうわりかすめていきました。まるで、探されていたのを知っていたみたいに。あとでユウトク君と図鑑で調べてみたら、モンキアゲハという蝶でした。

午後はお姉さんとスーパーに買い出しにいき、早いうちから夕ごはんの支度。串カツなんかびっくりするほど大量に揚げても、大人も子どももいっぱい食べるので、あっというまになくなってしまう。残ったひき肉で、次の日のお昼用に甘辛い肉そぼろを作っておいたのも、ソウリン君に食べられてしまいました。レモングラス・ペーストというタイのめずらしい調味料をみつけた日には、ナンプラー、酒、きび砂糖、スイートチリソースとおろしにんにくを合わせたタレを作り、鶏手羽元を四十本近くも浸け込んで、オーブンで香ばしく焼きました。「なおみさん、なにこれ？　おいしいで！」と、子どもたちにほめられたときの嬉しさといったら。

なんだか子どものころの夏休みの国を旅してきたような四泊五日。

陽焼けして帰ってきていちばん最初にやったのは、止まっていた柱時計のねじ巻きと、日めくりカレンダーをめくること。母の祭壇のコップもきれいに洗い、新しい水をくみ直しました。

「ただいま、お母さん。めちゃくちゃいい夏休みだったよ」

冷蔵庫が来た日

このところ、寝室の窓の近くでいろいろな虫をみつけます。景色がよく見えるように、ここだけ網戸をはずしているから。灰色の甲冑《かっちゅう》をかぶったような立派なカメムシ、レースみたいな緑の羽のクサカゲロウ。ペッチンムシは、指で触れると「ペッチン」と高く跳ね、ひっくり返って死んだふり。まだまだ残暑はきびしいけれど、空はもう秋の色。虫たちの来訪もまた秋の兆しでしょうか。

今年の夏は格別に暑く、そして、いろいろなことがありました。

長い間お世話になった冷蔵庫が壊れたのは、梅雨明けの前。救い出した八個の卵で、私はスパイスたっぷりのゆで卵入りキーマカレーを作りました。

じつは、この話には後日談があります。まず最初のハプニングは、新しい冷蔵庫の背丈が思ったよりも高かったこと。ドアを開けようとすると天井の戸棚にぶつかってしまうのです。それで急きょ、もとの冷蔵庫があった場所には食器棚を、ステンレスの台も移動。おのずと器や調理道具も、取り出しやすいよう整理をすることに。おかげで私の小さな台所は前よりもずっとひろびろし、動きやすくなりました。

片づけが終わってほっとしていると、文子さんとファビオが、預けておいたビンづめを届けにきてくれました。たまたま遊びにきていたニューヨークのお友だちも、ジャムのビンを持ってにこにこ立っています。文子さんの古くからの友人かずみちゃんは、はじめて会ったのに、なんだかずっと前から知っていた方みたい。部屋を案内しているうちに私はずんずん楽しくなって、「ビールでも飲みましょうか」、ということになったんです。冷凍庫から救出した塩豚がほどよく解凍されているのにも、背中を押されました。自然な流れにみんなの顔はパッと輝き、ワインや野菜を取りに戻った文子さん。そのうち絵描きの友人と、かずみちゃんのパートナーも加わって……英語と日本語が飛び交うなか、ゆで卵のキーマカレーは総勢六人のおなかのなかに。新しい冷蔵庫がやってきたのは、さっき出会ったばかりの人、数カ月前に出会った人、出会って八年たった人（絵描きの友人のこと）が集ったサプライズの日。

さて、今夜は満月。

何でも、一年のうちで月がもっとも大きく見える日なのだそう。東京の友人が教えてくれました。インターネットで調べてみると、地球にいちばん月が近づく日らしく、「スーパーブルームーン」というたいそうな名前がついていました。私は夕方からそわそわと落ち着かず、何度も窓辺に立って月を探しました。雲が多く、夜の七時になっても顔を出さないので、あきらめてお風呂へ。

パジャマに着替えながら見ると、出ています！

確かにちょっと大きいような、それほどでもないような？　出はじめは、もっと大きかったのかなあ。

それでも煌々《こうこう》と輝く満月は、うさぎの陰影も色濃く荘厳で美しい。もしも私がこの満月を、今日だけの特別なものだと知らなかったら、どんなふうに感じたでしょう。もしかすると、わからないことが多いくらいの方が、人生は豊かになるのかもしれない。

その晩私は、カーテンを開けたまま、ひときわ明るい月光を浴びて眠りました。

展覧会の日々

絵描きの友人の展覧会が終わって、ひと息に秋がやってきました。こんどこそ本物の秋です。思えば九月は嵐のようでした。原稿書きの仕事をいくつもしながら、お客さん用の布団を干したり。山ほど買いものをして、カポナータやカレー、塩豚、蒸し鶏、即席塩ジャケなど、日持ちのするごちそうを仕込んだり。

展覧会の間は三宮のギャラリーまで、海を見ながらバスに乗って通っていました。アスファルトの照り返しが思いのほか強く、真夏みたいな日もありました。日傘を差し、友人たちと水を飲みのみ歩いたのも、もうずいぶん前のことのよう。今回は新しい絵本の立体原画と、旧作から近作まで、合わせて二百枚近くの絵が並ぶ大きな展覧会だったので、絵描きの友人は搬入の日からうちに泊まり込み、仲間たちもあちこちから寄り集まって、お祭りのような日々。暮れゆく空を眺めながら、飲んだり、食べたり、しゃべったり。会場で懐かしい人にばったり会い、連れて帰ったこともありました。

まず、最初に泊まりにきたのは北九州のふたり。絵本作家で歌手の山福朱実さんと、ギタリストのパートナー末森樹君です。その日はたまたま雑誌の撮影で、東京からカメラマンも来ていました。彼女は吉祥寺にいたころ、私の家に居候をしていたこともある娘で、ちよじといいます。

同じマンションの文子さんとファビオも、展覧会のことをずっと前から楽しみにしていました。ファビオは五月に北九州にひとり旅をしたので、樹君たちにも再会できます。それでその晩は、六階の彼らの部屋にみんなで押しかけ、総勢七人の前夜祭。翌日には、作品を撮影するために、ちよじは文子さんたちの車で。私は朱実さんたちと三人でバスに乗り、初日の会を見にいきました。

展覧会というのは不思議なものです。絵を眺め、そこに溢れている場の同じ空気を浴びると、垣根が取りはらわれて、みんなのなかにも私のなかにも新しい何かが生まれ、開かれることがあるのでしょうか。なんだか、知っているつもりでいた友人のひとりひとりと出会い直しをしたような、そんな日々でもありました。

絵描きの友人の家族がみんなで見にきた日も、楽しかったな。なんと、ランチを食べたあとうちにやってきて、六階の部屋に突撃。彼の家はオーダーメイドのカーテン屋さん。ご両親が文子さんたちのために仕立てたカーテンを、見せてもらえることになったのです。はじめて会う一家に、人懐っこい笑顔で温かな言葉をかける文子さん。ユウトク君とソウリン君も当たり前のようにそこにいて。まっ白なカーテンをしめると、床じゅうに薄日の影がひろがり、カーテンを開けると、青い空と海が現れて……去年の今ごろには、夢にも思わなかった眩しい出来ごと。少し離れたところからその光景を見ていた私は、胸がいっぱいになりました。

あれから半月、今日は北九州のふたりから、秋の贈りものが届きました。ギンナンにカボス、庭のローズマリーに食用スミレの種、樹君手作りの吊るし肉、海で拾った流木。どうやらファビオと文子さんの分も、つめ込まれているようです。

「sana village」

今朝は日の出前にカーテンを開けたので、曙の空を眺めることができました。雲が多く、太陽はベールをかぶっていましたが、日の出の位置が、しばらく見ない間にずいぶん海の方に移っていて驚きました。気づけばもう十一月です。

先月私は、三重県多気町《たきちょう》五佐奈《ごさな》のギャラリー「sana《サナ》 village《ヴィレッジ》」に行っていました。絵描きの友人と写真家・中里《なかざと》和人《かつひと》さんの、宮澤賢治《みやざわけんじ》をめぐる展覧会です。中里さんの生家を改装した「sana village」は田んぼの向かい。お隣さんや近所の同級生（私よりも二級上のおじさんたちです）が、受付を手伝いにきてくださったり、大学の教え子が泊まりにきたり。私も友人とギャラリーに泊まり込んで、おさんどん。賄《まかな》いおばさんのようなことをしていたんです。多気というところは、本当によい気が流れているところだなあと毎日思いながら。

朝晩は寒く、日中は日差しが強くて暑いくらい。夜にはまっ暗になるので、小さな星までよく見えました。中里さんが中学生のころには妹さんとふたりで屋根に寝そべり、星座を観測していたのだそう。その瓦屋根は今でも健在。お風呂場近くの土間には井戸あとがあり、勝手口と玄関をつなぐ通路は緑の苔《こけ》の道。土間のあちこちには、中里さんが集めた日本各地の古道具が所在なさそうにおかれていて、私は埃をかぶったお皿や木の箱をみつけてきては、料理に使えないだろうかと嬉しくて。

友人がワークショップをした日、私はひとり田んぼに挟まれた小道を山に向かって散歩しました。モンシロチョウ、モンキチョウ、つがいになって飛んでいるアカトンボ。黄色い稲が頭《こうべ》を垂れ、あぜ道にはスギナ。春にはここらはツクシやタンポポ、ヒメオドリコソウでいっぱいになるんだろうな。

中里さんの家は、お祖父《じい》さんの代まで土葬の風習があったらしく、ご先祖さまはみな膝を抱えた格好で、墓地に埋まっているそうです。「じいさんたちはもうとっくに朽ちとるだろうから、土になって溶け出し、僕らはその水を毎日飲んできたんやろなぁ」。オープニングの夜に、そう話してくれました。

柿の木畑にそってゆるい傾斜を上っていくと、熟して落ちた柿の実の、半《なか》ば発酵したような匂いがしてきました。するととつぜん雲ゆきが怪しくなって、風がひと吹き。笹の葉はいっせいに揺れ、カラスが舞い降りてきてドキッとしました。ここはきっと、中里少年と妹さんが肝だめしの夜に通った道。小さい子にとってはけっこう急な坂道だったことでしょう。

竹藪を直角に曲がると、空気がすーっと鎮まり、こんもりとした緑の丘が現れて、朽ちかけた六地蔵に迎えられました。

お地蔵さんたちは、よく見るとそれぞれ何かを掲げています。両脇の像は灯籠の竿《さお》、隣は包丁。草刈りのカマ、お札らしきもの、おにぎりを手に微笑《ほほえ》んでいるお地蔵さんもいます。

墓地は、その先のぽっかりと日の当たる草むらにありました。小さな墓碑がぽつりぽつりと地に植わり、供えものはサカキの緑だけ。薄紫の野の花をみつけ、私は思わずひざまずきました。立ち上がると、田んぼの向こうに「sana village」が。

今はいない者たちが、生きている家を見下ろし、ここにいる者たちもふと目を上げる。お墓のいちばん幸せな姿を、見せてもらったような気がしました。

生きている感じ

ちかごろ日の出の時刻がずいぶん遅くなり、夏のようには早起きができません。かといって、夜は夜でいつもと同じように眠くなる。ベッドのなかはぬくぬくだし、なんだかやたらによく眠れるのです。今朝は六時過ぎに目覚め、慌ててラジオをつけました。「中学生の基礎英語レベル1」の声が遠くなったり、近くなったり。眠りの船にゆらゆら揺られ、七時のニュースが終わるころにようやく起きました。

カーテンを開けると、太陽の真下の海はもうすっかり金色。鳥のモビールのガラス玉が、天井に小さな虹をいくつも作っています。これは、秋から冬の朝にだけ現れる光。きっと太陽の位置や角度に関係があるんだろうな。猫森《ねこもり》（向かいの中学校のこんもりとした林。猫がうつ伏せになっているように見えるので、そう呼んでいます）も、いつのまにこんなに紅葉したのでしょう。

このところ私は、部屋にこもって次に出る本『帰ってきた　日々ごはん⑮』の校正をしていました。どこへ出かけるにもマスクが欠かせなかった、二〇二一年の一月から六月にかけての日記。先の見えないコロナの日々、私は普段と変わらずに仕事をしていたけれど、桜が咲けば、花のある方へある方へとマスクをして散歩に出かけ、黄砂に目をやられて慌てて眼科へ。二年前に逝った母の元気なころを思い出し、前に進めなくなったり。若くして亡くなった編集者の友人の夢をみたり。文章ばかり書いて頭がつまってくると、いきいきとした空気を注入したくて、電車に揺られ絵描きの友人の家に出かけました。ユウトク君の同級生が泊まりにきていて、縁側でツクシのはかまを一緒に取っては、子どもたちの指先の繊細さに驚いたり。コンロの前にふたり並んでこしらえた、ツクシのバターじょうゆ炒めの味比べをしたり。来年の春には六年生になる彼らが、二年生から三年生だったころの記録。日記を書いておいてよかったなあと嬉しくなるのは、こういうときです。

それにしても、私がこんなに眠たいのは、過ぎ去ってしまった日の日記にもぐり込みながら、体ごとで校正をしていたからかもしれません。さあ、もうひとがんばり。今日は晩ごはんの支度をしなくてもいいように、お弁当を作っておくつもり。

日暮れどき、洗濯ものをたたんでいると、猫森に西日が当たってパーッと輝きました。茜色はもっと茜色に、臙脂《えんじ》色はもっと臙脂色に、オレンジ色も、からし色も……私はベッドに腰かけ、じっと見ていました。今しかない景色を目に焼きつけようとして。ふと、タイマーが鳴る音が台所から聞こえ、ゆで卵の火を止めに下り、慌てて階段を駆け上ったのですが、紅葉はもうすっかりふつうの色に戻っていました。

太陽は、山に沈んだのです。

私が日記を書くのは、こういうささやかなことがおもしろいなあと思うから。なんだか生きている感じがします。

ラジオの声

今朝は雲が厚く、日の出は見られなかったけれど、しばらくベッドの上で眺めていたら、雲間から薄く光が差しはじめました。扇形にひろがって、海にカーテンがかかっているみたい。

明けまして、おめでとうございます。みなさんはどんな年明けを過ごしましたか？

私は神戸でひとりのお正月。遠方からのお客さんと新年会を開くつもりで、少しばかりごちそうの支度をしていましたが、けっきょくやめにしてエプロンのほころびを繕《つくろ》ったり、編みものをしたり。穏やかな神戸のお正月に感謝しながら、静かに過ごしていました。文子さんとファビオがいたらきっと一緒に過ごしたろうけれど、ふたりは年末から大阪の実家に帰省しています。

去年のクリスマスに、ユウトク君の弟のソウリン君から折り紙の花束をもらったので、お正月の花飾りにしました。元日のお昼のささやかな食卓は、帆立のお刺し身、数の子、柚子をしぼった白菜と大根の塩もみ。お雑煮と磯辺巻きは、「FARMSTAND」の亜由美さんが、暮れにしめ縄とつきたての丸餅を持ってきてくださったので、そのお餅で。黒豆の甘煮は文子さんからのおすそわけです。

部屋にこもって、ニュースばかり見ていた三日目の明け方、なんとなしに目が覚めてラジオをつけました。ＮＨＫ－ＦＭの「ラジオ深夜便」が、ちょうど終わろうとしている時刻。エンディングの音楽とともに、懐かしい感じのするアナウンサーの声が流れてきました。

今日の花は、スノードロップ。花言葉は、初恋のため息です。

今日が誕生日のみなさん、おめでとうございます。

そのあと、今晩の番組の予定を伝えたアナウンサーは、同じ調子で続けました。

さあ、今夜は少しお休みになれましたでしょうか。まだ、夜明けまでには少し時間があります。少しでもお休みください。辛い、というお気持ちの方が、たくさんいらっしゃると思います。きのうよりはしかし、今日はよくなる。希望を持って、今日一日、健やかにお過ごしください。

石川県の大きな地震のことは、ひとことも口にしなかったけれど、底冷えのする避難所の方たちへ。それからまた、何か別のわけがあって眠れない夜を過ごした方たちへ。こんなふうに何げなく声をかけられる人は、あまりないのではないか。ラジオの声というのは、すごいものだな。

その日私は、やたらに体を動かしたくなり、坂を下りてコンビニに荷物を出しにいきました。「コープさん」でも買いものをしたかったのだけど、三が日はお休みだそう。隣のケーキ屋さんが開いているのを見とどけ、川ぞいを歩くことにしました。その先の商店街に出ると、どこもシャッターが閉まっていました。それでも気にせず、てくてくてくてく。また戻ってきて、ケーキ屋さんでおいしそうなケーキをふたつ買いました。帰りの坂道はアキレス腱を伸ばしながら、一歩一歩。

そういえば二日の夕方、六時を知らせる教会の鐘の音がいつもより長く鳴っていた気がします。もしかしたら、被災地への応援のメッセージだったのでしょうか。

新しい挑戦

ゆうべからの強い風が、朝になってもまだやみません。おかげですみずみまで晴れ渡り、海の光っているところはさざ波立って銀色のウロコのよう。まるで、大きな龍が横たわっているみたいに見えます。

そういえば、この間おもしろいことがありました。あれは、七草粥を食べた次の日あたり。私は海を見ながらいつものように坂を下っていて、ふと、「今年は、仕事をがんばろうかな」と、ひとりごとを言いました。苦手だからと頭ごなしにお断りせず、いただいた仕事は何でもやってみよう。やってみて、やっぱり向いていないとわかったら、次からはもうしなければいいのだし。それで、坂のとちゅうの龍の神社でお参りをしました。

すると、その翌日くらいから、新しい仕事が立て続けに舞い込んできました。なかには自分で書いた文章を朗読する、というのもあります。子どものころから大の苦手だった朗読。きっと、ゆっくりとしか読めないだろうし、声がつまってしまうかもしれない。東京のスタジオで録音するというのも、どきどきする。でも、なんだかわくわくもしています。

仕事ではないけれど、今年は元町にあるギャラリー「Vie《ヴィー》」の、「かきぞめ企画・第三回冬の公募展」に応募しようと、絵を描きました。チラシに書かれた募集の言葉に、ぐっときたのです。


良い年にいたしましょう！　嫌なことも多い昨今、ポジティブな作品を歓迎します。でも、（どうしてもこれだけは描いておきたい）ということがあれば、ネガティブな作品も全然OK。もちろんかっこいいドラゴンも大歓迎！　参加資格は特になし、普段まったく絵を描かない方でも、子どもさんでも歓迎します。

私が描いたのは、うちにある小さなものばかり。インク壺、みかん、包装紙のバラ、小屋の置物、カメの置物。楽しくてやめられず、その日のうちに五枚の絵ができました。

何日かして白木の額縁を買いにいき、サンドペーパーでなめらかにこすったり、絵の具を混ぜて、絵に合いそうな色を塗ったり。最後、パレットに残った絵の具が捨てられず、そのへんにあったポストカードに筆でぐるぐると塗りつけておきました。

しばらく放ったままにしておいたその落書き。忘れたころに手に取ってみると、何かの姿が浮かび上がっている気がします。壁に立てかけ離れて見たり、近くでじっとみつめたり。こすれた筆のあとや、絵の具の盛り上がり……もうちょっとで見えてきそう。それで、影になっているところに、えんぴつの線を重ねてみることにしました。

すると、目を閉じて小鳥を抱いている女の人が現れたんです。小鳥など描いたつもりはないのに。

何かに新しく挑戦するのっておもしろいな。真剣に向かうと合わせ鏡みたいになって、これまで見たことのないものや知らない自分が見えてくる。

さあ、今年はどんな年になるのでしょう。

パソコンのない一日

突然、メールがつながらなくなってしまいました。毎日お世話になっているのに、私はパソコンのあれこれが大の苦手。どうにも落ち着かず、仕事をほっぽり出して、朝からああでもないこうでもないと試していました。それでも一向によくならないので、思い切って隣町にあるパソコン相談室へ。雨のなかリュックを背負って出かけました。

そこはとても親身なところで、すぐにあちこち調べてくださったのだけど、けっきょく原因がわからないまま閉店時間に。パソコンは私の脳みそがつまった分身のようなもの。預けて帰るなど、思いも寄らなかったのですが、仕方なくおいていくことにしました。

翌朝、いつものように日めくりカレンダーをめくりました。母の祭壇のお水も新しくし、おはようの挨拶。いつものくせで、ついパソコンがあった仕事机を振り返ってしまいます。

洗濯ものを干しているとき、海がやけに大きく見えました。枯れ葉が落ち、すっ裸になった猫森の木立のおかげで、遠くまで見渡せるからでしょうか。太陽の下の海も、街が霞んでしまうほどあんなふうに光るものだっけ。

私はこの眩い風景を、毎日見ているようでちっとも見ていなかったのかもしれない。

午前中がやけに長いので、あちこち掃除をし、窓辺のテーブルも配置換え。せっかくなので、ラジオを消してみることにしました。

音がないって、なんだか空気がひろびろするなあ。

ツクピーツクピーと、シジュウカラも鳴いています。

けっきょくその日は、お昼ごはんの前に餃子の具をこしらえて包み、気になっていたティーポットの茶渋を落とし、空を眺めながら、窓辺で編みものをしました。

パソコンがないと、台所に立って洗いものをするのも、残りものを容器に移し替えて冷蔵庫にしまうのも、いつもよりもひとつひとつ、区切りをつけてやっているみたい。午後には座卓にどっかりと腰を落ち着け、確定申告の支度をしました。

夕方、無事に整備が終わったと連絡があり、いそいそとお迎えに。私のパソコンはバージョンアップされたそう。速足で坂を下りながら、これからは丸一日パソコンをつけない、言葉も綴らない日を作るのもいいかもしれない、と思ったのです。

アルバム
2023年4月から2024年3月まで

四月　北九州の家族

ある晩の賄い。レモンチキン、鶏肝のしょうゆ煮、
いわしのマリネ（真喜子さん作）など

山福朱実さんが描いたイベントのちらし

文子さん＆ファビオのキッチンにて。
アペリティーボのつまみ（えびせんべい、
浸し大豆、にんじんと甘夏と香菜のサラダ、
ファビオの実家のバルサミコ）

五月　みどりのあらし

絵本『みどりのあらし』（岩崎書店）

六月　富良野の友より

お昼ごはんのイカダサンド

富良野から届いた山うど、グリーンアスパラ、アイヌネギのしょうゆ漬け

七月　古い冷蔵庫

長年お世話になった冷蔵庫

文子さんたちにおすそわけしたあとの、ゆで卵入りキーマカレー

八月　夏休みの国

陸上クラブの校庭の夕空

帰る日の朝、池で顔だけ出している
トノサマガエルをみつけた

図鑑のモンキアゲハ

スーパーブルームーンの夜

九月　冷蔵庫が来た日

冷蔵庫が届いた日の食卓（ヒレ肉の塩豚焼いただけ、ズッキーニとトマトとパセリのサラダ、ピーマンの丸ごとオイル蒸し）

新しい冷蔵庫

絵描きの友人の家族に説明している文子さん（右から二人目）
撮影＝増田寿史

上／北九州から届いた荷物
右／お昼ごはんの冷やしきつね

ギャラリー「sana village」

ギャラリーの向かいの道

十二月　生きている感じ

鳥のモビールと、天井のプリズム

猫森の紅葉が光る瞬間、
東の空には白い月

お弁当のおかずは、白身魚のフライ
(スーパーの)、れんこんのキンピラ、
ほうれん草のおひたし、福耳唐辛子
のおかか炒め、ゆで卵

一月　ラジオの声

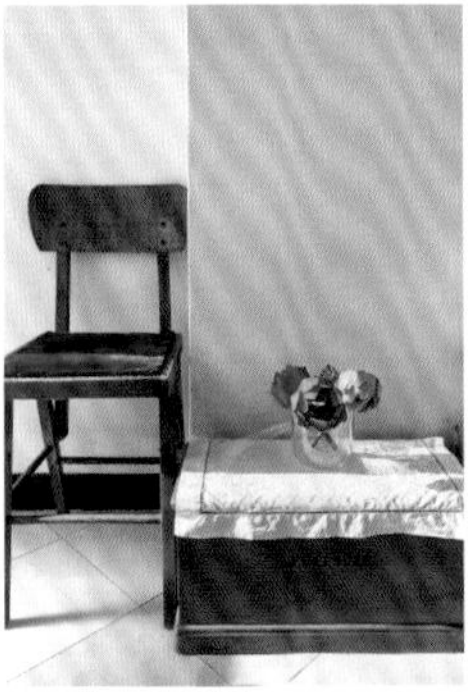

ソウリン君がこしらえた
折り紙の花束

元日のお昼のささやかなごちそう

二月　新しい挑戦

昇り龍みたいな煙突の煙

小鳥を抱いている女の人の絵

三月　パソコンのない一日

柱時計と日めくりカレンダー

おわりに

神戸に暮らすようになって六年目、地もとの新聞社の方から、月にいちどエッセイを書いてみませんかとお誘いがありました。掲載は土曜日の朝刊。朝の光を浴びながら、のんびり読んでくださるといいなと思い、私の身のまわりで起きた、日々のささやかな出来ごとをみつめ、綴っていくことにしました。

タイトルはまず「ことごと」という言葉が浮かびました。次に浮かんだのは「ことこと」。

煮炊きの音コトコトです。すると自然に、いつかの旅で出合った忘れられない一皿や、普段着の簡単なごはんのことなども書きたくなってきました。文章だけでは少しさびしい気がして、写真や小さなイラストも添えることにしました。

この本には、二〇二一年の春からはじまる季節が三めぐり分収められています。慣れ親しんだ東京を離れてのひとり暮らしはまだ心もとなく、それでも月日を重ねるごとに、私の気持ちは少しずつ外に向かって開かれていきます。その間、世のなかでもさまざまなことが起こりました。ひさしぶりに読み返してみたら、そういうことも文の呼吸に表れていて、なるほどなあと思いました。

この間の雨の日、マンションの前の道路の片すみに、鉢植えが六つ並んでいるのが見えました。ひょろりとした茎の先でつややかな葉を広げ、気持ちよさそう。これは、六階の住人ファビオの鉢植え。NYから越してきた日に食べた金柑の種を試しに植えてみたら、ここまで大きくなったそうです。

「いい雨が降ってくるとな、ファビオは窓の方を見てなんかそわそわしてんねん」と、文子さん。私たちのマンションの窓辺は日当たりがいいので、サンルームのようになるのだけれど、雨に当ててあげられるようなベランダがないのです。

のっぽの鉢植えをひとつずつ抱え、エレベーターまで往復しているファビオの姿を想像すると、私はくすくす笑いが込み上げます。新聞の連載がまだ続いていたら、きっとこのことを書いたに違いありません。

二〇二四年五月　高山なおみ

高山なおみ◎一九五八年静岡県生まれ。料理家、文筆家。日々の生活の実感が料理になり、言葉となる。一九九〇年から二〇〇二年まで、夜ごと画家、絵本作家、音楽家、作家などさまざまなクリエイターが集った伝説の店「諸国空想料理店KuuKuu」のシェフを勤め、その後料理と文筆の道へ。日記エッセイシリーズ『日々ごはん』『帰ってきた日々ごはん』、レシピ集『新装 野菜だより』『料理=高山なおみ』『自炊。何にしようか』、エッセイ『ロシア日記―シベリア鉄道に乗って』『本と体』『気ぬけごはん』『暦レシピ』、絵本『どもるどだっく』『たべたあい』『それからそれから』（以上、絵・中野真典）など著書多数。二〇一六年、東京・吉祥寺から神戸・六甲へ移住し、ひとり暮らしをはじめる。

本書は神戸新聞に二〇二一年四月から二〇二四年三月まで毎月一回掲載された同名の連載に加筆、訂正をほどこして書籍化したものです。

協力　神戸新聞社
印刷進行　石橋知樹（アイワード）
校正　猪熊良子
編集・造本　信陽堂編集室（丹治史彦、井上美佳）

毎日のことこと

二〇二四年　七月二一日　第一刷発行
二〇二四年一〇月一七日　第二刷発行

著者　高山なおみ
出版者　丹治史彦
発行所　信陽堂
一一三-〇〇二二
東京都文京区千駄木二-五一-一〇
Tel 03-6321-9835
Fax 03-6685-4888
books@shinyodo.net
https://shinyodo.net/

印刷　株式会社アイワード
活版印刷　有限会社日光堂
製本　加藤製本株式会社

ISBN978-4-910387-09-3 C0095

定価　本体一八〇〇円+税

背中をそっと温める手のぬくもり
遠くからあなたを見守る眼差し
いつもはげましてくれる友だちの言葉
小さな声でしか伝えられないこと
本とは
人のいとなみからあふれた何ごとかを
はこぶための器